聚珍

浮生六记

〔清〕沈 复 著　朱泽宝 注释

浙江古籍出版社

图书在版编目（CIP）数据

浮生六记/（清）沈复著；朱泽宝注释. -- 杭州：浙江古籍出版社，2024.6

（聚珍）

ISBN 978-7-5540-2857-5

Ⅰ.①浮… Ⅱ.①沈… ②朱… Ⅲ.①古典散文－散文集－中国－清代②《浮生六记》－注释 Ⅳ.①I264.9

中国国家版本馆 CIP 数据核字（2024）第 038502 号

聚珍

浮生六记

〔清〕沈 复 著 朱泽宝 注释

出版发行	浙江古籍出版社
	（杭州市环城北路 177 号 电话：0571-85068292）
网　　址	https://zjgj.zjcbcm.com
责任编辑	伍姬颖
封面设计	吴思璐
责任校对	吴颖胤
责任印务	楼浩凯
照　　排	浙江大千时代文化传媒有限公司
印　　刷	浙江海虹彩色印务有限公司
开　　本	880mm×1230mm　1/64
印　　张	6.625
字　　数	172 千字
版　　次	2024 年 6 月第 1 版
印　　次	2024 年 6 月第 1 次印刷
书　　号	ISBN 978-7-5540-2857-5
定　　价	50.00 元

如发现印装质量问题，影响阅读，请与本社市场销售部联系调换。

出版说明

中华文化源远流长,博大精深。浩如烟海的古代典籍,是中华文明传承的重要载体,也是了解中华优秀传统文化的重要窗口。深入推进古籍普及传播,是新时代古籍工作的一大要点,也是一个难点。

日往月来,如今大多数读者已不甚熟悉古奥的文言表达,而传承至今、数量庞大的古代典籍,更是人之精力,不能兼收尽取。有鉴于此,我们承清乾隆"活字本"经济简便之利,推出中华经典普及丛书——"聚珍",旨在以精当的选目、精简的注译、精巧的开本,为广大读者带来"执一而应万,握要而治详"的阅读助益,推动中华优秀传统文化创造性转化、创新性发展。

浙江古籍出版社
2024 年 4 月

前　言

　　沈复，清代乾隆、嘉庆年间如恒河沙数般的底层读书人中的一个。考其生平，主业游幕，兼职卖画，偶尔经商，也终究都没干出什么大成就。与其说是沈复兴趣广泛，才兼各行，倒不如大方承认，他不过是将当时仕进无门的读书人的治生门路都尝试了一遍而已。其人在生前没有名气，不过是其朋友圈中一个还稍有情趣的人罢了；死后不过百年，其苏州同乡试图知晓其生平履迹，已是不可得。立德，立言，立功，沈复无一与焉。其生平，就是任何时代最普通的书生生活的写照。若以一言而蔽之,庸常而已。这样的人物，原该湮灭在无情的历史尘埃里，从此无声无闻，就像当时绝大多数的读书人一样。

　　不过，幸运的是，因为《浮生六记》，沈复的名字，连带其妻子陈芸的名字，从此归于不朽，且照耀任何一位有性灵有情趣的人。相比之下，沈复生前那些达官贵人、富商巨贾、文坛巨擘的所谓荣耀，变得如此黯淡无光，索然无味。沈复、陈芸，作为恩爱夫妻的符号，化为琴瑟和谐的象征，成为中国文化史上决然不同于张生崔莺、杜丽娘柳梦梅、贾宝玉林黛玉的有情人的典型。

没有《浮生六记》，沈复、陈芸的身后名，该有多寂寞；而没有沈复、陈芸，中国五千年的文化史，又将多落寞！

那么，《浮生六记》又有如何的魔力，能为两个极普通的人打造出如此无形而又不灭的丰碑？

浮生，中国古典诗词中的常用词，指一生，有短促、困倦、无奈而无谓之意。如南朝鲍照言"浮生急驰电"，隋朝卢思道云"浮生厌危促"，唐代元稹说"自言行乐朝朝是，岂料浮生渐渐忙"，而李白的"浮生若梦，为欢几何"更是道出其中真味。的确，以世俗的眼光看，沈复的一生，是最为无谓最为寂寞的浮生。那么，当他渐至暮年，回忆这份独属于他的浮生，他的心中有何况味，又会以怎样的心境记录下最值得回味的那部分作为珍藏呢？以笔者看来，不过是一个"真"字而已。真实地记录下这或喜或忧的一生，绝无夸饰，毫无掩饰，这是沈复对自己一生的交代，也是对其妻子持之一生的爱情的另一种表达。

真情真性，是让《浮生六记》航向不朽之海的津渡，是带着"沈复们"在庸常生活中探寻出诗意与温暖的奥妙。

真，这意味着敢于面对生活中的不完美，并且真诚接受，学会真心享受。人们读《浮生六记》，最有印象的大概都会是沈复、陈芸这对患难夫妻的伉俪情深。陈芸，正如林语堂先生设想的那样，"是中国文学上一个最可爱的女人"。可是，陈芸的"最可爱"，又是怎样炼成的呢？

我想，陈芸的可爱，全然是因为沈复的纯真之笔。在才子佳人戏风行的乾嘉时代，写到可爱女主角，必定是眉横远山、眼凝秋水、樱桃口、三寸莲这样的俗套描写，即无一处不美丽，无一处不销魂。而沈复，写到其挚爱的妻子时，却说她"两齿微露，似非佳相"，这样的缺陷足以让一个漂亮的女子变得不漂亮。而正是这样的描写，还原了一个真实的陈芸，是一个普通女子的真实写照，让他们这份感情显得没那么辽远。让人意识到，原来普通人之间也可以有如此深挚而绵长的感情，反倒真实可感。因此，若推荐一份爱情启蒙书的话，《浮生六记》必定是首选。

旧时女子有四德：妇德，妇言，妇功，妇容。就位列第一的妇德来说，孝顺公婆便是第一位。换言之，只有不是的儿媳，没有不是的公婆。若不顺公婆，便是对妇德的一票否决。君不见，聊斋先生笔下的好女子（或女妖），无论如何灵通剔透，身怀绝技，在公婆面前必定允恭允敬。这，就是蒲松龄对完美女性的设定之一。而陈芸，"受责于翁"，"失欢于姑"，以致夫妻二人颠沛流离，离家别居。究其原因，固然有人们常道的封建大家庭的痼疾在其中起作用，从沈复欲说还休的言辞中，可知其中必有隐情，芸娘未必全然无责。而至如此境地，沈复当日还能携芸娘辗转流离，而不是为了孝顺父母，以一纸休书了事；当其晚年回忆当日情形时，还能对芸娘报以无限同情，无限爱怜，笔触间有无比的温柔与自责，自是非深情不能办。唯有真，才能承认，并包容对方的不完美，听从内心的召唤，去爱芸娘，并生死以之，而不以世俗的框架来限制自己的脚步。如此，生活中才有诗意，回忆时才有温暖。试想，如果任由外在的道德教条、主流的行为标准来包裹着自己，若干年后回首，又怎会有如此丰盈的人生感慨。现代人常说，听从内心的声音，沈复就是当然的表率。

当沈复以真实真挚的笔触描写妻子的不完美时，也意味着其能打破"家丑不外扬"的束缚，冷静写出大家庭生活中的种种不堪。父子失和，婆媳不睦，兄弟反目，诸人都不是大奸大恶之人，而生活中的种种细微矛盾堆积起来，加上人性中的自私作为催化剂，久而久之就变成了最不能接受的情形。在封建伦常这面大幕的掩盖下，一切或都显得温情脉脉，而《浮生六记》就掀开其中的一角，让人将其中的情势一窥无遗。而沈复，正是其中人，不得不佩服其勇气；而你我，可能也是其中人，读之，又怎不怆然暗惊。

前言

沈复的梦想,不过是在沧浪亭这样的胜地与妻子一起蔬食布衣,相守终老,这是普通人最普通的梦想。然而,不如意事常八九,每个小小愿望的达成都需要天时地利人和。当沈复离当年的梦想渐行渐远,直面生活的雨雪冰霜时,《浮生六记》给我们的印象是其"行道迟迟,载饥载渴"的狼狈。对于这份狼狈,沈复安之受之,努力去改变,用心去经营,而没有去一味地嗟穷叹悲,顾影自怜。这份安宁与笃定,是在这个世界用心生活过的人们最真实的写照。

唯有勇于承认生活中那细密如麻的苦痛,才能真正寻出生活中的温暖与诗意,宛如透过生活那张苦痛大幕的阳光,才值得人们去珍惜。正因如此,沈复在书中沉迷地回忆与妻子相守的每一个时刻,想念妻子的灵心与慧心,想起他们初遇时喝粥的温馨,想起谈诗论文、种花植草的雅兴,想起偷游太湖、女扮男装的豪情,想起出游郊外的浪漫。这一切,对沈复来说,都如贪婪吮吸的琼浆玉液,令其回味无穷。而对读者来说,无论是其青春作伴的漫游,还是闺房中的调笑,都不会放浪,不会谑浪,更不会轻亵,这是一个正常的有情有性人走过的痕迹,怎能不令人会心一笑,为其赞赏,为其鼓舞,更为其提心吊胆,担心其福不长,其寿不永。

生活如此多艰，这是《浮生六记》的底色，但对首次阅读此书的人来说，欢乐与闲趣似乎又成为第一印象。这不奇怪，正是沈复与陈芸的慧心与诗情，才能将苦痛而庸常的日子过得充满诗意。他们能在避家出走时欣赏野趣，能在极度困窘中因约就俭纵享宴飨之乐，更能在诗歌、绘画、盆景中获取灵动的体验与生命的快意。因这份快乐不易得，所以他们对于见到的景，相逢的事，做出的评价绝不俯仰随人，只求获得不辜负真心的感动。这样的例子在书中随处可见，如对于大名鼎鼎的滕王阁，沈复称其不过如寻常府学前的尊经阁一般。相形之下，沈复更善于在荒山野外探寻自然的真美。

《浮生六记》，不愧是沈复在苦痛生活中以真心回忆往昔的温暖坎坷而酿成的一壶老酒，其味之醇厚，或许只有真性情、富阅历者才能满饮。但不管怎样，《浮生六记》中散发出的光华，吉光片羽，足以感动感染这芸芸众生。

古人云，自古才命两相妨，沈复的一生如此，《浮生六记》的命运亦是如此。《浮生六记》曾在沈复身后相当长的时间内不为人所知，直到同治年间，沈复的同乡后辈杨引传才在苏州的一处冷摊上很偶然地发现此书，从此风靡天下。可惜的是，此次发现的也不是全璧，《中山记历》与《养生记道》都不见踪影。1935 年，上海世界书局刊行《美化文学名著丛刊》,其中有"足本"《浮生六记》。但新出现的后两记与前面的部分在文风与文笔上有鲜明的差异,难免启人疑窦。到20世纪八九十年代,"足本"《浮生六记》作伪的真相完全查明。现在"发现"的后两记杂撮李鼎元的《使琉球记》、张英的《聪训斋语》、曾国藩的《求阙斋日记类钞》等,加以窜改而成。至于真的"足本"《浮生六记》,到底是否还存在天壤之间,无人能够回答。我们期待着意外之喜。

本书的整理,正文部分以《美化文学名著丛刊》本(上海世界书局1935年版)为底本,同时参考俞平伯校点的《浮生六记》(人民文学出版社1980年版),金性尧、金文南校注的《浮生六记》(上海古籍出版社2000年版)。注释的对象主要是一些难解的字词、典故等,力求简明扼要。

朱泽宝

目 录

卷一　闺房记乐　　　1

卷二　闲情记趣　　　65

卷三　坎坷记愁　　　97

卷四　浪游记快　　　153

卷五　中山记历　　　253

卷六　养生记道　　　355

卷一 闺房记乐

JUANYI
GUIFANGJILE

余生乾隆癸未冬十一月二十有二日，正值太平盛世，且在衣冠之家①，居苏州沧浪亭畔②，天之厚我可谓至矣。东坡云："事如春梦了无痕③。"苟不记之笔墨④，未免有辜彼苍之厚⑤。因思《关雎》冠《三百篇》之首⑥，故列夫妇于首卷，余以次递及焉。所愧少年失学，稍识之无⑦，不过记其实情实事而已。若必考订其文法，是责明于垢鉴矣⑧。

① 衣冠之家：士大夫、读书人之家。② 沧浪亭：苏州城内的古典园林，与狮子林、拙政园、留园并称苏州四大园林。③ 事如春梦了无痕：出自苏轼的《正月二十日与潘郭二生出郊寻春……》诗，指时光、事情悄然逝去，了无痕迹。此诗有句："人似秋鸿来有信，事如春梦了无痕。"④ 苟：假如。⑤ 彼苍：苍天，造物主。⑥《三百篇》：即《诗经》，因其共有三百零五篇诗歌，故称。《关雎》为《诗经》开篇第一篇，相传为咏叹后妃之德而作。⑦ 稍识之无：指识字不多。出自唐代白居易《与元九书》："仆始生六七月时，乳母抱弄于书屏下，有指'无'字、'之'字示仆者，仆虽口未能言，心已默识。后有问此二字者，虽百十其试，而指之不差，则仆宿习之缘，已在文字中矣。"⑧ 垢鉴：蒙上灰尘的镜子。

卷一　闺房记乐

余幼聘金沙于氏①，八龄而夭②。娶陈氏。陈名芸，字淑珍，舅氏心余先生女也，生而颖慧，学语时，口授《琵琶行》③，即能成诵。四龄失怙④，母金氏，弟克昌，家徒壁立。芸既长，娴女红⑤，三口仰其十指供给，克昌从师，脩脯无缺⑥。一日，于书簏中得《琵琶行》⑦，挨字而认，始识字。刺绣之暇，渐通吟咏，有"秋侵人影瘦，霜染菊花肥"之句。余年十三，随母归宁⑧，两小无嫌⑨，得见所作。虽叹其才思隽秀，窃恐其福泽不深，然心注不能释⑩，告母曰："若为儿择妇，非淑姊不娶。"母亦爱其柔和，即脱金约指缔姻焉⑪。此乾隆乙未七月十六日也。

① 金沙：位于江苏南通。② 夭：未成年即死亡。③《琵琶行》：白居易的七言长诗，写琵琶女的技艺与不幸遭遇，借以抒发沦落天涯的愤懑。④ 失怙（hù）：死了父亲。⑤ 女红：旧时指女子所做的针线、纺织、刺绣等工作。⑥ 脩脯：旧时读书交给老师的学费。⑦ 书簏：藏书用的竹箱子。⑧ 归宁：旧时指女子出嫁后回娘家。⑨ 两小无嫌：指两个人小时候在一起，相互之间没有任何猜疑与不自然。语出李白《长干行》："同居长干里，两小无嫌猜。"⑩ 心注：眷念。释：放开，放下。⑪ 金约指：金戒指。缔姻：缔结婚姻。

卷一 闺房记乐

霜染菊花肥

是年冬，值其堂姊出阁①，余又随母往。芸与余同齿而长余十月，自幼姊弟相呼，故仍呼之曰淑姊。时但见满室鲜衣，芸独通体素淡②，仅新其鞋而已。见其绣制精巧，询为己作，始知其慧心不仅在笔墨也。其形削肩长项③，瘦不露骨，眉弯目秀，顾盼神飞④，唯两齿微露，似非佳相。一种缠绵之态，令人之意也消。索观诗稿，有仅一联，或三四句，多未成篇者。询其故，笑曰："无师之作，愿得知己堪师者敲成之耳⑤。"余戏题其签曰"锦囊佳句"，不知夭寿之机此已伏矣⑥。是夜送亲城外，返已漏三下⑦，腹饥索饵，婢妪以枣脯进⑧，余嫌其甜。芸暗牵余袖，随至其室，见藏有暖粥并小菜焉。余欣然举箸⑨，忽闻芸堂兄玉衡呼曰："淑妹速来！"芸急闭门曰："已疲乏，将卧矣。"玉衡挤身而入，见余将吃粥，乃笑睨芸曰⑩："顷我索粥，汝曰'尽矣'，乃藏此专待汝婿耶？"芸大窘避去，上下哗笑之。余亦负气⑪，挈老仆先归⑫。

①出阁：女子出嫁。②通体：全身。③削肩：低垂的肩膀。④顾盼：指眼睛向四周看来看去。⑤敲成：修改而成。源出"推敲"一词。⑥机：征兆。⑦漏三下：约三更时，晚上十二点左右。漏，古代滴水记时的器

具。⑧ 枣脯：枣子制成的果脯。⑨ 箸（zhù）：筷子。⑩ 睨（nì）：斜着眼睛看着。⑪ 负气：赌气。⑫ 挈（qiè）：带着。

自吃粥被嘲，再往，芸即避匿①，余知其恐贻人笑也②。至乾隆庚子正月二十二日花烛之夕③，见瘦怯身材依然如昔④，头巾既揭，相视嫣然⑤。合卺后⑥，并肩夜膳，余暗于案下握其腕，暖尖滑腻，胸中不觉怦怦作跳。让之食，适逢斋期，已数年矣。暗计吃斋之初，正余出痘之期⑦，因笑谓曰："今我光鲜无恙，姊可从此开戒否？"芸笑之以目，点之以首。

① 避匿：躲避，躲藏。② 贻（yí）：遗留，留下。③ 花烛之夕：指婚礼的当晚。④ 瘦怯：瘦弱。⑤ 嫣然：娇媚地微笑。⑥ 合卺（jǐn）：古代婚礼的一种重要仪式。《礼记·昏义》记载，夫妇"共牢而食，合卺而酳"。后演化为今天的"交杯酒"。卺，本为一种匏瓜，俗称苦葫芦，其味苦不可食。合卺是将一只卺剖为两半，各盛酒于其间，新娘新郎各饮一卺。匏瓜剖分为二，象征夫妻原为二体，而又以线连柄，则象征由婚礼把两个人连成一体，故先分而为二，后合二为一。⑦ 出痘：出水痘，一种幼儿易发的传染性疾病。

残灯人静

廿四日为余姊于归①,廿三国忌不能作乐②,故廿二之夜即为余姊款嫁。芸出堂陪宴,余在洞房与伴娘对酌,拇战辄北③,大醉而卧,醒则芸正晓妆未竟也④。是日亲朋络绎⑤,上灯后始作乐。廿四子正⑥,余作新舅送嫁,丑末归来⑦,业已灯残人静,悄然入室,伴妪盹于床下⑧。

> ① 于归:旧时指女子出嫁。《诗经》:"之子于归,宜其室家。"国忌:古代帝后的忌日,皇帝下诏此日全国禁止作乐。③ 拇战:即猜拳,民间饮酒时一种助兴取乐的游戏。其法为两人同时出一手,各猜两人所伸手指合计的数目,以决胜负。北:战败。④ 竟:完成。⑤ 络绎:连续不断的样子。⑥ 子正:午夜十二点。⑦ 丑末:接近凌晨三点。⑧ 盹(dǔn):短时间的睡眠。

芸卸妆尚未卧,高烧银烛①,低垂粉颈,不知观何书而出神若此,因抚其肩曰:"姊连日辛苦,何犹孜孜不倦耶②?"

> ① 银烛:蜡烛。因多为白色,故名。② 孜(zī)孜不倦:勤奋努力,不知疲倦。

不觉闲之忘倦

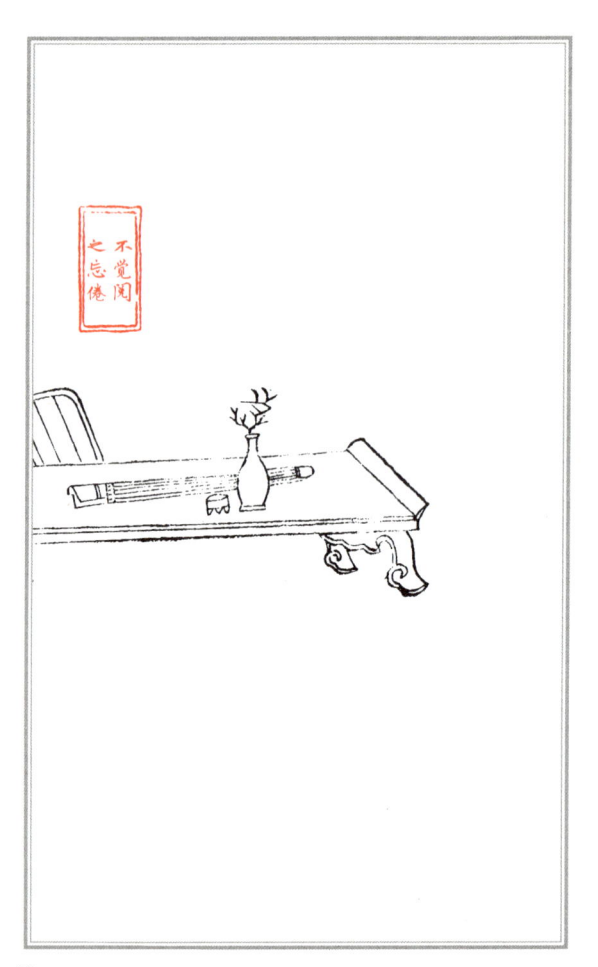

芸忙回首起立曰:"顷正欲卧,开橱得此书,不觉阅之忘倦。《西厢》之名闻之熟矣①,今始得见,真不愧才子之名,但未免形容尖薄耳。"余笑曰:"唯其才子,笔墨方能尖薄。"伴妪在旁促卧,令其闭门先去。遂与比肩调笑②,恍同密友重逢。戏探其怀,亦怦怦作跳,因俯其耳曰:"姊何心舂乃尔耶③?"芸回眸微笑。便觉一缕情丝摇人魂魄,拥之入帐,不知东方之既白。

①《西厢》:指元杂剧《西厢记》,王实甫著,写张生与崔莺莺的爱情故事。②比肩:并肩。③心舂:心跳。

芸作新妇,初甚缄默①,终日无怒容,与之言,微笑而已。事上以敬,处下以和,井井然未尝稍失②。每见朝暾上窗③,即披衣急起,如有人呼促者然。余笑曰:"今非吃粥比矣,何尚畏人嘲耶?"芸曰:"曩之藏粥待君④,传为话柄⑤,今非畏嘲,恐堂上道新娘懒惰耳⑥。"余虽恋其卧而德其正,因亦随之早起。

①缄(jiān)默:沉默寡言。②井井然:有条理的样子。③朝暾:早晨的晨光。④曩:从前。⑤话柄:话头。这里指调笑的由头。⑥堂上:指公公、婆婆。

自此耳鬓相磨,亲同形影,爱恋之情有不可以言语形容者。而欢娱易过,转瞬弥月①。时吾父稼夫公在会稽幕府②,专役相迓③,受业于武林赵省斋先生门下④。先生循循善诱,余今日之尚能握管⑤,先生力也。归来完姻时⑥,原订随侍到馆⑦。闻信之余,心甚怅然⑧,恐芸之对人堕泪。而芸反强颜劝勉⑨,代整行装,是晚但觉神色稍异而已。临行,向余小语曰:"无人调护,自去经心!"及登舟解缆⑩,正当桃李争妍之候,而余则恍同林鸟失群,天地异色。到馆后,吾父即渡江东去。

---

① 转瞬:转眼。弥月:满月。② 会稽:浙江绍兴。幕府:原指古代将军的府署。因军队出征,使用帐幕,故称。后世也将地方军政大员的官署称作幕府。③ 役:从事。迓:迎接。④ 受业:学习。武林:指浙江杭州。因城外有武林山,故名。⑤ 握管:执笔写文章。管,毛笔的代称。⑥ 完姻:举办婚礼。⑦ 原订:原计划。随侍:跟随侍奉。⑧ 怅(chàng)然:失望,不高兴的样子。⑨ 强颜:故作笑脸。⑩ 解缆:解去系船的缆绳,指开船。

卷一　闺房记乐

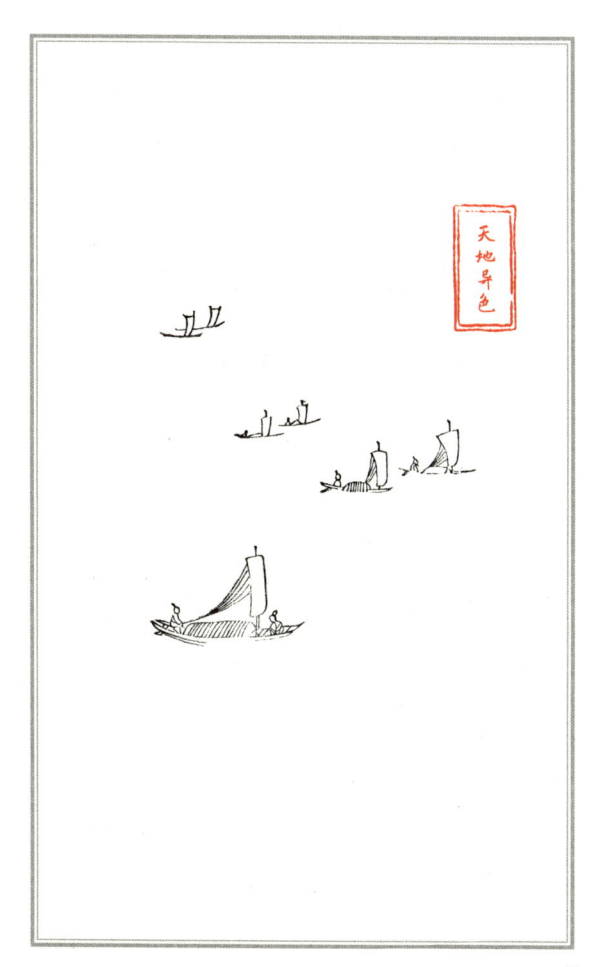

天地异色

居三月如十年之隔。芸虽时有书来，必两问一答，中多勉励词，余皆浮套语①，心殊怏怏②。每当风生竹院，月上蕉窗，对景怀人，梦魂颠倒。先生知其情，即致书吾父，出十题而遣余暂归。喜同戍人得赦③，登舟后，反觉一刻如年④。及抵家，吾母处问安毕，入房，芸起相迎，握手未通片语，而两人魂魄恍恍然化烟成雾，觉耳中惺然一响⑤，不知更有此身矣。

① 浮套语：不疼不痒的客套话。② 怏怏：内心失落的样子。③ 戍人：古代守边关的征人。④ 刻：古代的计时单位。一刻相当于十五分钟。⑤ 惺（xīng）然一响：哄咚一声，象声词。

时当六月，内室炎蒸①，幸居沧浪亭爱莲居西间壁，板桥内一轩临流，名曰"我取"，取"清斯濯缨，浊斯濯足"意也②。檐前老树一株，浓阴覆窗，人面俱绿。隔岸游人往来不绝。此吾父稼夫公垂帘宴客处也。

① 炎蒸：暑热如熏蒸。② 清斯濯缨，浊斯濯足：语出《孟子》："沧浪之水清兮，可以濯我缨；沧浪之水浊兮，可以濯我足。"《楚辞·渔父》中亦有此语。指随意而安的生活态度。

卷一 闺房记乐

檐前老树一株

禀命吾母，携芸消夏于此①。因暑罢绣，终日伴余课书论古②、品月评花而已。芸不善饮，强之可三杯，教以射覆为令③。自以为人间之乐，无过于此矣。

①消夏：消磨夏季的炎热。②课书：温读书籍。③射覆：一种古老的游戏名。在瓯、盂等器具下覆盖某一物件，让人猜测里面是什么东西。

一日，芸问曰："各种古文，宗何为是？"①余曰："《国策》《南华》取其灵快②，匡衡、刘向取其雅健③，史迁、班固取其博大④，昌黎取其浑⑤，柳州取其峭⑥，庐陵取其宕⑦，三苏取其辩⑧。他若贾、董策对⑨，庾、徐骈体⑩，陆贽奏议⑪，取资者不能尽举，在人之慧心领会耳。"

①宗：效法。②《国策》：即《战国策》。西汉刘向根据战国纵横家言编纂而成的史书。《南华》：即《南华经》，《庄子》的别称。③匡衡：西汉经学家。字稚圭，东海郡人，官至丞相。论事喜以《诗经》为据。刘向：西汉学者、文学家。原名更生，字子政，后改名向。西汉宗室，楚元王刘交的后裔。官至中垒校尉，世称刘中垒。有《谏营昌陵疏》和《战国策叙录》，叙事简约，劲健畅达。④史迁：西汉史学家、文学家

司马迁，字子长。所著《史记》为中国第一部纪传体通史，被鲁迅称为"史家之绝唱，无韵之离骚"。班固：东汉史学家、文学家，字孟坚。所著《汉书》为中国第一部纪传体断代史。⑤ 昌黎：唐代文学家韩愈，郡望为昌黎，世称昌黎先生。浑：浑厚。⑥ 柳州：唐代文学家柳宗元，因曾被贬为柳州刺史，世称柳柳州。峭：形容文风劲峭。⑦ 庐陵：北宋文学家欧阳修，因其籍贯为江西庐陵，故常自称"庐陵欧阳修"。宕：形容文风流宕曲折。⑧ 三苏：指北宋文学家苏洵、苏轼、苏辙父子三人，皆善于纵横家言。⑨ 贾、董：西汉初年的政论家贾谊与董仲舒。⑩ 庾、徐：南北朝时期的骈体文大家庾信与徐陵。⑪ 陆贽：唐朝著名政治家、文学家、政论家。所作奏议，多用排偶，条理精密，文笔流畅。

芸曰："古文全在识高气雄，女子学之，恐难入彀①，唯诗之一道，妾稍有领悟耳。"余曰："唐以诗取士，而诗之宗匠必推李、杜，卿爱宗何人？"芸发议曰："杜诗锤炼精纯，李诗潇洒落拓②。与其学杜之森严③，不如学李之活泼。"

① 入彀（gòu）：指洞悉其中的技巧。② 落拓（tuò）：豪迈，不拘束。③ 森严：指格律谨严。

青莲知己

余曰:"工部为诗家之大成①,学者多宗之,卿独取李,何也?"芸曰:"格律谨严,词旨老当,诚杜所独擅。但李诗宛如姑射仙子②,有一种落花流水之趣,令人可爱。非杜亚于李,不过妾之私心宗杜心浅,爱李心深。"余笑曰:"初不料陈淑珍乃李青莲知己③。"

① 工部:指杜甫。杜甫曾任检校工部员外郎,故称。
② 姑射仙子:《庄子·逍遥游》中描绘的神仙,可"乘云气,御飞龙,而游乎四海之外"。形容潇洒出尘、不落世俗的气质。③ 李青莲:李白,号青莲居士。

芸笑曰:"妾尚有启蒙师白乐天先生①,时感于怀,未尝稍释。"余曰:"何谓也?"芸曰:"彼非作《琵琶行》者耶?"余笑曰:"异哉!李太白是知己,白乐天是启蒙师,余适字三白②,为卿婿。卿与'白'字何其有缘耶!"芸笑曰:"白字有缘,将来恐白字连篇耳(吴音呼别字为白字)。"相与大笑③。余曰:"卿既知诗,亦当知赋之弃取。"

① 白乐天:白居易,字乐天。② 适:恰好。③ 相与:一起。

芸曰："《楚辞》为赋之祖，妾学浅费解。就汉、晋人中调高语炼，似觉相如为最①。"余戏曰："当日文君之从长卿②，或不在琴而在此乎？"复相与大笑而罢。

① 相如：指西汉辞赋大家司马相如，有《子虚赋》《上林赋》等名作传世。② 文君之从长卿：指卓文君与司马相如的爱情故事。相传卓文君为富商卓王孙寡居的女儿，因被司马相如《凤求凰》的琴声打动，遂从其私奔。

余性爽直，落拓不羁①，芸若腐儒，迂拘多礼②。偶为披衣整袖，必连声道"得罪"；或递巾授扇，必起身来接。

① 不羁：不受礼法约束。② 迂拘：迂腐而缺少变通。

余始厌之，曰："卿欲以礼缚我耶？《语》曰①：'礼多必诈。'"芸两颊发赤，曰："恭而有礼，何反言诈？"余曰："恭敬在心，不在虚文②。"

①《语》：指《论语》。这里沈复有意开妻子的玩笑，其实《论语》并无这样的话。② 虚文：没有意义的礼节。

浮生六记

芸散「」得罪「」

芸曰："至亲莫如父母，可内敬在心而外肆狂放耶①？"余曰："前言戏之耳。"芸曰："世间反目多由戏起，后勿冤妾，令人郁死！"余乃挽之入怀②，抚慰之，始解颜为笑③。自此"岂敢""得罪"竟成语助词矣。

①肆：放肆，肆意。②挽：拉。③解颜：开颜欢笑。

鸿案相庄廿有三年①，年愈久而情愈密。家庭之内，或暗室相逢②，窄途邂逅，必握手问曰："何处去？"私心忒忒③，如恐旁人见之者。实则同行并坐，初犹避人，久则不以为意。芸或与人坐谈，见余至，必起立偏挪其身，余就而并焉。彼此皆不觉其所以然者，始以为惭，继成不期然而然。独怪老年夫妇相视如仇者，不知何意。或曰："非如是，焉得白头偕老哉？"斯言诚然欤？

①鸿案相庄：即举案齐眉，指夫妻间相敬相爱。典出《后汉书·逸民传列》：鸿家贫而有节操。妻孟光，有贤德。每食，光必对鸿举案齐眉，以示敬重。②暗室：隐秘之处。③忒（tè）忒：象声词，形容心脏的异常跳动。

飞云过天，
变态万状

是年七夕，芸设香烛瓜果，同拜天孙于我取轩中①。余镌"愿生生世世为夫妇"图章二方，余执朱文，芸执白文②，以为往来书信之用。

① 天孙：织女星。相传织女为天帝的孙女。② 朱文、白文：皆为印章术语。字凸出者为阳刻，叫朱文；字凹进者为阴刻，叫白文。

是夜月色颇佳，俯视河中，波光如练，轻罗小扇，并坐水窗，仰见飞云过天，变态万状①。芸曰："宇宙之大，同此一月，不知今日世间，亦有如我两人之情兴否？"

① 变态：变幻的情状。

余曰："纳凉玩月，到处有之。若品论云霞，或求之幽闺绣闼①，慧心默证者固亦不少。若夫妇同观，所品论者，恐不在此云霞耳。"未几②，烛烬月沉③，撤果归卧。

① 绣闼（tà）：装饰华丽的门。代指大家闺秀。② 未几：没过多久。③ 烛烬（jìn）：指蜡烛燃烧完了。烬，物体燃烧后剩下的东西。

茉莉

卷一 闺房记乐

七月望①,俗谓鬼节。芸备小酌②,拟邀月畅饮。夜忽阴云如晦,芸愀然曰③:"妾能与君白头偕老,月轮当出。"余亦索然④。但见隔岸萤光,明灭万点⑤,梳织于柳堤蓼渚间⑥。

① 望:旧时称农历每月十五日为望日。七月望,即为农历七月十五。② 小酌:简单的酒菜。③ 愀(qiǎo)然:神色严肃或悲伤的样子。④ 索然:没有兴致的样子。⑤ 明灭:或明或暗。⑥ 蓼渚:长满蓼草的小洲。

余与芸联句以遣闷怀①,而两韵之后,逾联逾纵,想入非夷②,随口乱道。芸已漱涎涕泪,笑倒余怀,不能成声矣。觉其鬓边茉莉浓香扑鼻,因拍其背,以他词解之曰:"想古人以茉莉形色如珠,故供助妆压鬓。不知此花必沾油头粉面之气,其香更可爱,所供佛手当退三舍矣③。"

① 联句:古代的一种作诗方式,由两人或多人依次吟出诗的一句或数句,联缀成一篇。② 想入非夷:奇异的想法。③ 佛手:一种亚热带水果。其香味较浓,久放则更香。果实在成熟时心皮分离,形成细长弯曲的果瓣,状如手指,故名佛手。当退三舍:指甘拜下风,自愧不如。舍,古代行军一宿或三十里为一舍。

浮生六记

芸乃止笑曰："佛手乃香中君子，只在有意无意间；茉莉是香中小人，故须借人之势，其香也如胁肩谄笑①。"余曰："卿何远君子而近小人？"芸曰："我笑君子爱小人耳。"正话间，漏已三滴②，渐见风扫云开，一轮涌出③，乃大喜，倚窗对酌。酒未三杯，忽闻桥下哄然一声，如有人堕。就窗细瞩，波明如镜，不见一物，惟闻河滩有只鸭急奔声。余知沧浪亭畔素有溺鬼，恐芸胆怯，未敢即言，芸曰："噫！此声也，胡为乎来哉④？"不禁毛骨皆栗⑤。急闭窗，携酒归房。一灯如豆，罗帐低垂，弓影杯蛇⑥，惊神未定。剔灯入帐⑦，芸已寒热大作⑧。余亦继之，困顿两旬⑨。真所谓乐极灾生，亦是白头不终之兆。

①胁肩谄笑：耸起肩膀，装出谄媚的笑脸。形容奉承人、巴结人的丑态。语出《孟子》："胁肩谄笑，病于夏畦。"②漏已三滴：指深更半夜。③一轮：指一轮明月。④胡为乎来哉：为什么来到这里呢？语出李白《蜀道难》："嗟尔远道之人，胡为乎来哉？"⑤栗：颤抖。⑥弓影杯蛇：形容疑神疑鬼，自相惊扰。⑦剔灯：挑起灯芯，剔除余烬，使灯更加明亮。⑧寒热：中医指怕冷发热的症状，指发烧。⑨困顿：指身体无力，委顿。

中秋日，余病初愈。以芸半年新妇，未尝一至间壁之沧浪①，先令老仆约守者勿放闲人，于将晚时，偕芸及余幼妹，一妪一婢扶焉，老仆前导，过石桥，进门折东，由径而入。叠石成山，林木葱翠。亭在土山之巅，循级至亭心②，周遭极目可数里③，炊烟四起，晚霞烂然。隔岸名"近山林"④，为大宪行台宴集之地⑤。时正谊书院犹未启也⑥。携一毯设亭中，席地环坐，守者烹茶以进。少焉⑦，一轮明月已上林梢，渐觉风生袖底，月到波心，俗虑尘怀，爽然顿释。芸曰："今日之游乐矣！若驾一叶扁舟，往来亭下，不更快哉！"时已上灯⑧，忆及七月十五夜之惊，相扶下亭而归。吴俗，妇女是晚不拘大家小户，皆出结队而游，名曰"走月亮"。沧浪亭幽雅清旷，反无一人至者。

①间壁：隔壁。②循级：沿着台阶。级，层次。③周遭：周围，四周。④近山林：苏州园林名，建于五代十国时期。又名可园、乐园，与沧浪亭仅一巷之隔。⑤大宪：旧时下属对上司的称呼。行台：旧时地方大吏的官署与居住之所。⑥正谊书院：苏州书院名，由两江总督铁保、江苏巡抚汪志伊主持创办于嘉庆十年（1805），地址在可园内。⑦少焉：过了一会儿。⑧上灯：点灯，指入夜时。

卷一　闺房记乐

吾父稼夫公喜认义子，以故余异姓弟兄有二十六人。吾母亦有义女九人，九人中王二姑、俞六姑与芸最和好。王痴憨善饮，俞豪爽善谈。每集，必逐余居外，而得三女同榻，此俞六姑一人计也。余笑曰："俟妹于归后，我当邀妹丈来，一住必十日。"俞曰："我亦来此，与嫂同榻，不大妙耶？"

芸与王微笑而已。时为吾弟启堂娶妇，迁居饮马桥之仓米巷，屋虽宏畅①，非复沧浪亭之幽雅矣。吾母诞辰演剧，芸初以为奇观。吾父素无忌讳，点演《惨别》等剧②，老伶刻画，见者情动。余窥帘见芸忽起去，良久不出，入内探之，俞与王亦继至。见芸一人支颐独坐镜奁之侧③，余曰："何不快乃尔？"芸曰："观剧原以陶情④，今日之戏，徒令人断肠耳。"俞与王皆笑之。

---

① 宏畅：开阔敞亮。② 《惨别》：疑为《惨睹》，清传奇《千忠戮》中的一出，描写建文君臣国破家亡的情形。③ 支颐：用手撑住脸颊。镜奁（lián）：盛放梳妆用具的匣子，又称"妆奁""镜匣"。④ 陶情：陶冶性情。

卷一　闺房记乐

老伶刺画
见者情动

余曰:"此深于情者也。"俞曰:"嫂将竟日独坐于此耶①?"芸曰:"俟有可观者再往耳。"王闻言先出,请吾母点《刺梁》《后索》等剧②,劝芸出观,始称快。

① 竟日:终日,整天。② 《刺梁》:清代朱佐朝《渔家乐》中的一出。《后索》:清代姚子懿《后寻亲记》中的一出。皆为喜乐太平之作。

余堂伯父素存公早亡,无后,吾父以余嗣焉①。墓在西跨塘福寿山祖茔之侧,每年春日,必挈芸拜扫。王二姑闻其地有戈园之胜,请同往。芸见地下小乱石有苔纹,斑驳可观②,指示余曰:"以此叠盆山,较宣州白石为古致③。"余曰:"若此者,恐难多得。"王曰:"嫂果爱此,我为拾之。"即向守坟者借麻袋一,鹤步而拾之。每得一块,余曰"善",即收之;余曰"否",即去之。

① 嗣:过继。② 斑驳:色彩相杂。③ 宣州:安徽宣城。古致:古雅别致。

卷一 闺房记乐

深于情者

未几，粉汗盈盈，拽袋返曰："再拾则力不胜矣。"芸且拣且言曰："我闻山果收获，必藉猴力，果然。"王愤撮十指作哈痒状[1]，余横阻之，责芸曰："人劳汝逸，犹作此语，无怪妹之动愤也。"

[1] 撮（cuō）：聚拢。

归途游戈园，稚绿娇红，争妍竞媚。王素憨，逢花必折，芸叱曰："既无瓶养，又不簪戴[1]，多折何为？"王曰："不知痛痒者，何害？"余笑曰："将来罚嫁麻面多须郎，为花泄忿。"王怒余以目，掷花于地，以莲钩拨入池中[2]，曰："何欺侮我之甚也！"芸笑解之而罢。

[1] 簪戴：插在头发上作簪子用。[2] 莲钩：指缠足女子的小脚。

芸初缄默，喜听余议论。余调其言[1]，如蟋蟀之用纤草，渐能发议。其每日饭必用茶泡，食芥卤乳腐，吴俗呼为臭乳腐，又喜食虾卤瓜。此二物，余生平所最恶者，因戏之曰："狗无胃而食粪，以其不知臭秽；

蜣螂团粪而化蝉[2]，以其欲修高举也。卿其狗耶？蝉耶？"芸曰："腐取其价廉而可粥可饭，幼时食惯。今至君家，已如蜣螂化蝉，犹喜食之者，不忘本也。至卤瓜之味，到此初尝耳。"余曰："然则我家系狗窦[3]？"芸窘而强解曰："夫粪，人家皆有之，要在食与不食之别耳。然君喜食蒜，妾亦强啖之[4]。腐不敢强，瓜可掩鼻略尝，入咽当知其美，此犹无盐貌丑而德美也[5]。"余笑曰："卿陷我作狗耶？"芸曰："妾作狗久矣，屈君试尝之。"以箸强塞余口。余掩鼻咀嚼之，似觉脆美，开鼻再嚼，竟成异味[6]。从此亦喜食。

① 调：调教，教导。② 蜣（qiāng）螂：俗称屎壳郎。团：抟，揉弄。③ 狗窦：狗洞。④ 啖（dàn）：吃。⑤ 无盐：即战国时齐宣王的王后钟离春，为人有德而貌丑。因其是无盐人，故名无盐。后常以无盐为丑女的代称。⑥ 异味：奇异美好的滋味。

芸以麻油加白糖少许拌卤腐，亦鲜美；以卤瓜捣烂拌卤腐，名之曰双鲜酱，有异味。余曰："始恶而终好之，理之不可解也。"芸曰："情之所钟，虽丑不嫌。"

断简残编
卉余集赏

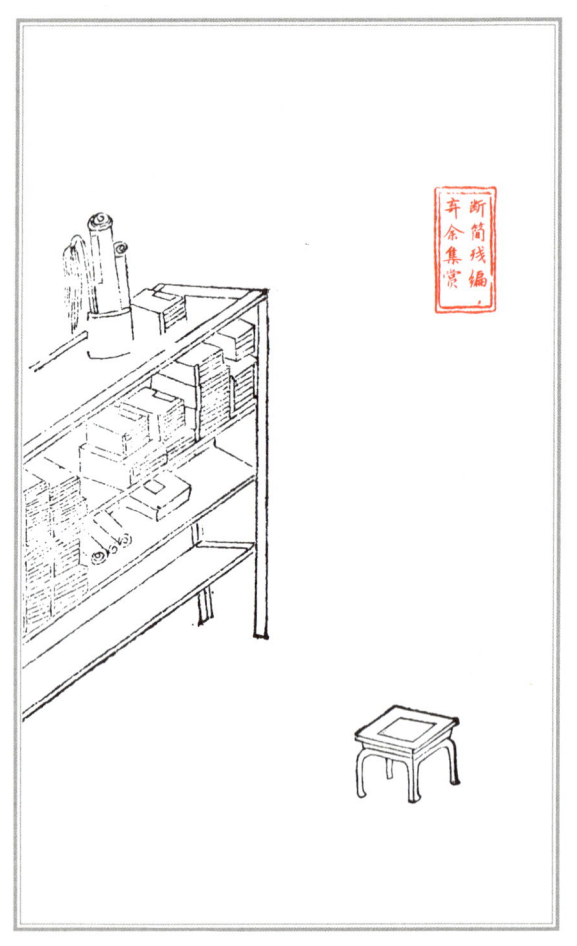

余启堂弟妇,王虚舟先生孙女也,催妆时偶缺珠花①,芸出其纳采所受者呈吾母②。婢妪旁惜之,芸曰:"凡为妇人,已属纯阴,珠乃纯阴之精,用为首饰,阳气全克矣,何贵焉?"而于破书残画,反极珍惜。书之残缺不全者,必搜集分门,汇订成帙,统名之曰"断简残编"。字画之破损者,必觅故纸粘补成幅,有破缺处,倩余全好而卷之③,名曰"弃余集赏"。

> ① 催妆:旧时婚俗,男方在婚礼前,派人到女方家中,催促新娘妆扮出嫁。珠花:女性发型或服装上用珠子串制的花饰。② 纳采:旧时婚礼仪式"六礼"之首,即男方向女方家赠送礼品,以表示缔结婚姻。③ 倩(qìng):请求。

于女红、中馈之暇①,终日琐琐②,不惮烦倦。芸于破笥烂卷中③,偶获片纸可观者,如得异宝。旧邻冯妪每收乱卷卖之。

> ① 中馈:指家庭主妇主持的酒食、祭祀等家务。② 琐琐:指忙于细小琐碎的事务。③ 笥(sì):竹器,可用于盛放书、衣物等。

浮生六记

访名山，
搜胜迹

卷一　闺房记乐

其癖好与余同,且能察眼意,懂眉语①,一举一动,示之以色,无不头头是道。余尝曰:"惜卿雌而伏,苟能化女为男,相与访名山,搜胜迹②,遨游天下,不亦快哉!"芸曰:"此何难,俟妾鬓斑之后③,虽不能远游五岳,而近地之虎阜、灵岩,南至西湖,北至平山,尽可偕游④。"

①眉语:以眉目动作传情达意。②胜迹:名胜遗迹。
③鬓斑:两鬓斑白,指年老。④偕游:一同游览。

余曰:"恐卿鬓斑之日,步履已艰。"芸曰:"今世不能,期以来世。"余曰:"来世卿当作男,我为女子相从。"芸曰:"必得不昧今生①,方觉有情趣。"余笑曰:"幼时一粥犹谈不了,若来世不昧今生,合卺之夕,细谈隔世,更无合眼时矣。"芸曰:"世传月下老人专司人间婚姻事②,今生夫妇已承牵合,来世姻缘亦须仰藉神力,盍绘一像祀之③?"

①不昧:不忘。②司:主管,主持。③盍:何不。祀:祭祀。

时有苕溪戚柳堤名遵,善写人物。倩绘一像,一手挽红丝,一手携杖,悬姻缘簿,童颜鹤发[1],奔驰于非烟非雾中。此戚君得意笔也,友人石琢堂为题赞语于首[2]。悬之内室,每逢朔望[3],余夫妇必焚香拜祷。后因家庭多故,此画竟失所在,不知落在谁家矣。

[1] 鹤发:白发。[2] 石琢堂:即清代苏州状元石韫玉,字执如,号琢堂。赞语:写在书画上的评论性文字。
[3] 朔:农历每月初一。

"他生未卜此生休"[1],两人痴情,果邀神鉴耶?

[1] 他生未卜此生休:语出李商隐《马嵬》"海外徒闻传九州,他生未卜此生休",大意谓下辈子能否再为夫妇尚无法确定,这辈子已经结束了。

迁仓米巷,余颜其卧楼曰"宾香阁"[1],盖以芸名而取如宾意也。院窄墙高,一无可取。后有厢楼,通藏书处,开窗对陆氏废园,但有荒凉之象。沧浪风景,时切芸怀[2]。

[1] 颜:在匾额、楹联等处题词。[2] 切:近,贴近。

有老妪居金母桥之东、埂巷之北，绕屋皆菜圃，编篱为门。门外有池约亩许，花光树影，错杂篱边，其地即元末张士诚王府废基也①。屋西数武②，瓦砾堆成土山③，登其巅可远眺，地旷人稀，颇饶野趣。妪偶言及，芸神往不置④，谓余曰："自别沧浪，梦魂常绕，每不得已而思其次，其老妪之居乎？"余曰："连朝秋暑灼人，正思得一清凉地以消长昼。卿若愿往，我先观其家可居，即襆被而往⑤，作一月盘桓⑥，何如？"芸曰："恐堂上不许。"余曰："我自请之。"越日至其地⑦，屋仅二间，前后隔而为四，纸窗竹榻，颇有幽趣。老妪知余意，欣然出其卧室为赁⑧，四壁糊以白纸，顿觉改观。于是禀知吾母，挈芸居焉。邻仅老夫妇二人，灌园为业⑨，知余夫妇避暑于此，先来通殷勤，并钓池鱼、摘园蔬为馈⑩，偿其价，不受。芸作鞋报之，始谢而受。

① 张士诚：元末群雄之一，在苏州建立政权，称吴王。
② 武：量词，古代以半步为一武。③ 瓦砾：破碎的砖头瓦片。④ 不置：不止。⑤ 襆（fú）被：整理行李，用包袱包扎衣服、被子等物。⑥ 盘桓：勾留，停留。
⑦ 越日：第二天。⑧ 赁：出租。⑨ 灌园：浇灌园圃，代指从事农业劳动。⑩ 馈：指赠送的礼物。

卷一　闺房记乐

时方七月，绿树阴浓，水面风来，蝉鸣聒耳①。邻老又为制鱼竿，与芸垂钓于柳阴深处。日落时，登土山，观晚霞夕照，随意联吟，有"兽云吞落日，弓月弹流星"之句。少焉，月印池中，虫声四起，设竹榻于篱下，老妪报酒温饭熟，遂就月光对酌，微醺而饭②。浴罢则凉鞋蕉扇，或坐或卧，听邻老谈因果报应事。三鼓归卧③，周体清凉，几不知身居城市矣。篱边倩邻老购菊，遍植之。九月花开，又与芸居十日。吾母亦欣然来观，持螯对菊，赏玩竟日。芸喜曰："他年当与君卜筑于此④，买绕屋菜园十亩，课仆妪⑤，植瓜蔬，以供薪水。君画我绣，以为诗酒之需。布衣菜饭，可乐终身，不必作远游计也。"余深然之。今即得有境地，而知己沦亡⑥，可胜浩叹！

① 聒（guō）：嘈杂。② 微醺：微微有些醉意。③ 三鼓：三更。颜之推《颜氏家训·书证》："汉魏以来，谓为甲夜、乙夜、丙夜、丁夜、戊夜；又云鼓，一鼓、二鼓、三鼓、四鼓、五鼓；亦云一更、二更、三更、四更、五更：皆以五为节。"④ 卜筑：择地建屋。⑤ 课：督促。⑥ 沦亡：丧亡，死亡。

卷一　闺房记乐

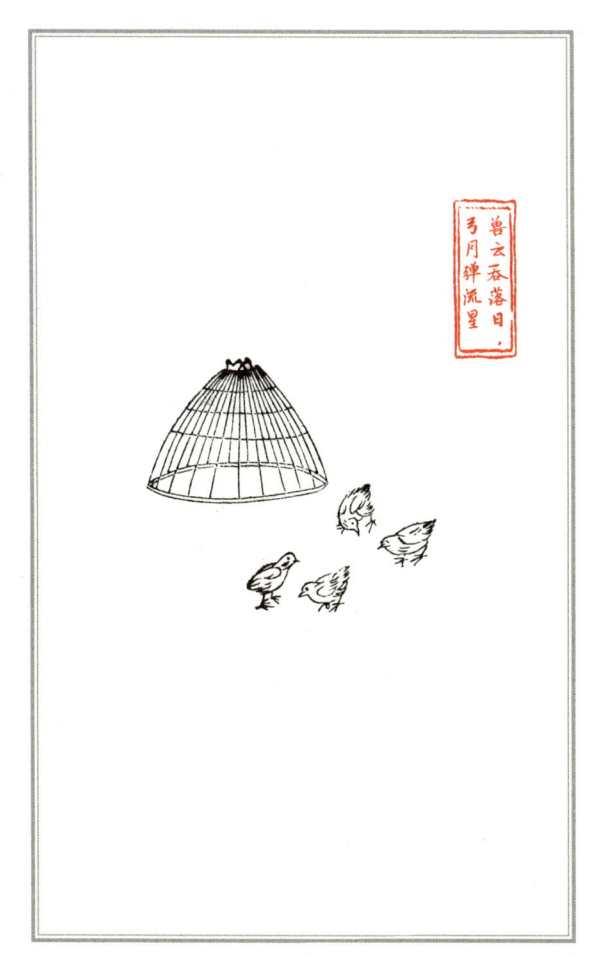

兽云吞落日
弓月弹流星

离余家半里许,醋库巷有洞庭君祠①,俗呼水仙庙。回廊曲折,小有园亭。每逢神诞,众姓各认一落②,密悬一式之玻璃灯,中设宝座,旁列瓶几,插花陈设,以较胜负。日惟演戏,夜则参差高下,插烛于瓶花间,名曰"花照"。花光灯影,宝鼎香浮,若龙宫夜宴。司事者或笙箫歌唱,或煮茗清谈,观者如蚁集,檐下皆设栏为限。余为众友邀去,插花布置,因得躬逢其盛。

① 洞庭君:太湖水神。太湖有洞庭山,故亦常用洞庭指太湖。② 认:应允承担。落:宫室新成时的庆祝祭礼。这里指祭祀洞庭君诞辰的庆祝活动。

归家向芸艳称之①,芸曰:"惜妾非男子,不能往。"余曰:"冠我冠,衣我衣,亦化女为男之法也。"于是易髻为辫,添扫蛾眉;加余冠,微露两鬓,尚可掩饰;服余衣,长一寸又半;于腰间折而缝之,外加马褂。

① 艳称:以艳羡的语气称赞。

芸曰:"脚下将奈何?"余曰:"坊间有蝴蝶履①,小大由之,购亦极易,且早晚可代撒鞋之用②,不亦善乎？"芸欣然。

① 蝴蝶履：清代女子所穿的蝴蝶式的鞋子。② 撒鞋：
拖鞋。

及晚餐后，装束既毕①，效男子拱手阔步者良久，忽变卦曰："妾不去矣，为人识出既不便，堂上闻之又不可。"余怂恿曰："庙中司事者谁不知我，即识出，亦不过付之一笑耳。吾母现在九妹丈家，密去密来，焉得知之？"芸揽镜自照，狂笑不已。余强挽之，悄然径去，遍游庙中，无识出为女子者。或问何人，以表弟对，拱手而已。最后至一处，有少妇幼女坐于所设宝座后，乃杨姓司事者之眷属也。芸忽趋彼通款曲②，身一侧，而不觉一按少妇之肩。旁有婢媪怒而起曰③："何物狂生，不法乃尔！"余试为措词掩饰④，芸见势恶，即脱帽翘足示之曰："我亦女子耳。"相与愕然⑤，转怒为欢，留茶点，唤肩舆送归⑥。

① 装束：整理着装。② 通款曲：问候，打招呼。
③ 媪（ǎo）：老年妇女。④ 措词：寻找借口。⑤ 愕然：
吃惊的样子。⑥ 肩舆：轿子。

风帆沙鸟

吴江钱师竹病故，吾父信归①，命余往吊②。芸私谓余曰："吴江必经太湖，妾欲偕往，一宽眼界。"余曰："正虑独行踽踽③，得卿同行，固妙，但无可托词耳④。"芸曰："托言归宁。君先登舟，妾当继至。"余曰："若然，归途当泊舟万年桥下，与卿待月乘凉，以续沧浪韵事。"时六月十八日也。

①信归：书信到家。②吊：吊唁。③踽（jǔ）踽：形容一个人走路孤零零的样子。④托词：借口。

是日早凉，携一仆先至胥江渡口①，登舟而待，芸果肩舆至。解维出虎啸桥②，渐见风帆沙鸟，水天一色。芸曰："此即所谓太湖耶？今得见天地之宽，不虚此生矣！想闺中人有终身不能见此者！"闲话未几，风摇岸柳，已抵江城③。

①胥江：又称胥溪，最初为伍子胥主持开凿的穿过苏州的人工运河，故名。②解维：解开系船的缆绳。③江城：指江苏吴江。

相挽登舟,
斜阳未落

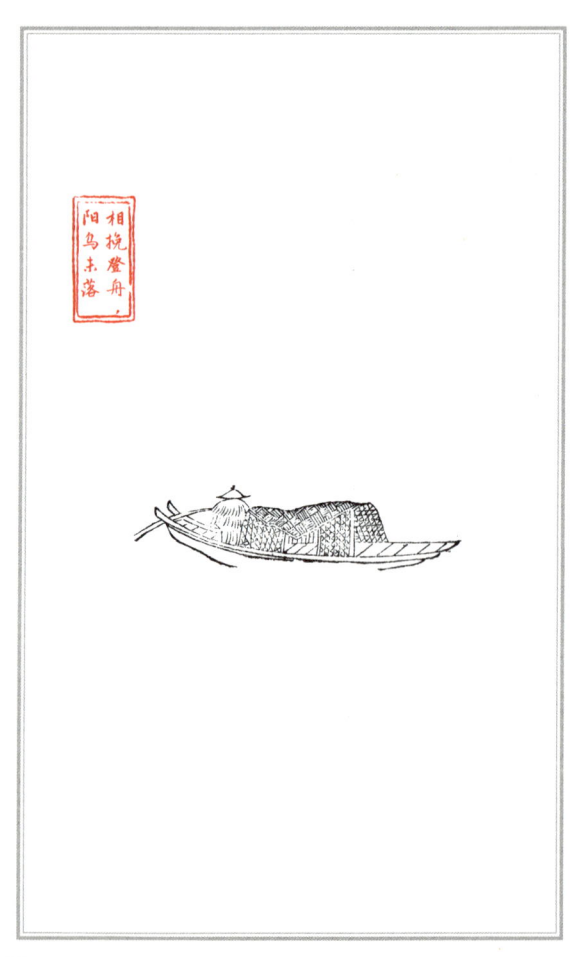

余登岸拜奠毕,归视舟中洞然①,急询舟子②,舟子指曰:"不见长桥柳阴下,观鱼鹰捕鱼者乎③?"盖芸已与船家女登岸矣。余至其后,芸犹粉汗盈盈,倚女而出神焉。

① 洞然:空荡荡的样子。② 舟子:船夫。③ 鱼鹰:即鸬鹚,一种食鱼游禽,常被人驯化用以捕鱼。

余拍其肩曰:"罗衫汗透矣①!"芸回首曰:"恐钱家有人到舟,故暂避之。君何回来之速也?"余笑曰:"欲捕逃耳。"于是相挽登舟,返棹至万年桥下,阳乌犹未落也②。舟窗尽落,清风徐来,纨扇罗衫,剖瓜解暑。少焉,霞映桥红,烟笼柳暗,银蟾欲上③,渔火满江矣。

① 罗衫:以纱罗制成的衫子。常用作女子夏装的美称。
② 阳乌:太阳。相传其中有三足乌,故称。③ 银蟾:月亮。相传月中有蟾蜍,故称。

命仆至船梢与舟子同饮。船家女名素云,与余有杯酒交,人颇不俗,招之与芸同坐。船头不张灯火,待月快酌,射覆为令。

沧浪旧居

卷一　闺房记乐

素云双目闪闪，听良久，曰："觞政侬颇娴习①，从未闻有斯令，愿受教。"芸即譬其言而开导之②，终茫然。余笑曰："女先生且罢论，我有一言作譬，即了然矣。"芸曰："君若何譬之？"余曰："鹤善舞而不能耕，牛善耕而不能舞，物性然也③。先生欲反而教之，无乃劳乎？"素云笑捶余肩曰："汝骂我耶！"芸出令曰："只许动口，不许动手。违者罚大觥④。"素云量豪，满斟一觥，一吸而尽。余曰："动手但准摸索，不准捶人。"芸笑挽素云置余怀，曰："请君摸索畅怀⑤。"余笑曰："卿非解人⑥，摸索在有意无意间耳，拥而狂探，田舍郎之所为也⑦。"时四鬓所簪茉莉，为酒气所蒸，杂以粉汗油香，芳馨透鼻。余戏曰："小人臭味充满船头，令人作恶。"素云不禁握拳连捶曰："谁教汝狂嗅耶？"芸呼曰："违令，罚两大觥！"

① 觞政：酒席上喝酒的礼仪规矩。侬：我。② 譬：作比喻，打比方。③ 物性：万物的秉性。④ 觥（gōng）：古代酒器。⑤ 畅怀：满足心意。⑥ 解人：善解人意的人。⑦ 田舍郎：庄稼汉，常作为贬称。

素云曰:"彼又以小人骂我,不应捶耶?"芸曰:"彼之所谓小人,益有故也。请干此,当告汝。"素云乃连尽两觥,芸乃告以沧浪旧居乘凉事。素云曰:"若然,真错怪矣,当再罚。"又干一觥。芸曰:"久闻素娘善歌,可一聆妙音否①?"素即以象箸击小碟而歌②。芸欣然畅饮,不觉酩酊③,乃乘舆先归。余又与素云茶话片刻,步月而回④。

① 聆(líng):听。妙音:美妙的音乐。② 象箸:象牙做的筷子。③ 酩酊(mǐng dǐng):形容醉得很厉害。④ 步月:指踏着月色。

时余寄居友人鲁半舫家萧爽楼中①。越数日,鲁夫人误有所闻,私告芸曰:"前日闻若婿挟两妓饮于万年桥舟中②,子知之否?"芸曰:"有之,其一即我也。"因以偕游始末详告之③。鲁大笑,释然而去④。

① 鲁半舫:即鲁璋,字近人,号半舫。② 若婿:你的夫婿。③ 始末:详细经过。④ 释然:心中因疑惑消除而平静的样子。

卷一 闺房记乐

步月而归

乾隆甲寅七月，余自粤东归①。有同伴携妾回者，曰徐秀峰，余之表妹婿也。艳称新人之美，邀芸往观。芸他日谓秀峰曰："美则美矣，韵犹未也。"秀峰曰："然则若郎纳妾，必美而韵者乎？"

① 粤东：今广东一带。

芸曰："然。"从此痴心物色①，而短于资②。时有浙妓温冷香者，寓于吴，有《咏柳絮》四律，沸传吴下③，好事者多和之④。

① 物色：按一定标准去访求。② 资：钱财。③ 沸传：盛传。吴下：泛指吴地。④ 和：唱和。对于他人的诗歌，依照其题材与韵律，再写一首。

余友吴江张闲憨素赏冷香，携柳絮诗索和。芸微其人而置之①，余技痒而和其韵，中有"触我春愁偏婉转，撩他离绪更纤绵"之句，芸甚击节②。

① 微：轻视，看不起。置：冷落一旁。② 击节：用手打着节拍，表示赞赏。

卷一　闺房记乐

明年乙卯秋八月五日,吾母将挈芸游虎丘①。闲憨忽至曰:"余亦有虎丘之游,今日特邀君作探花使者。"因请吾母先行,期于虎丘半塘相晤,拉余至冷香寓。见冷香已半老,有女名憨园,瓜期未破②,亭亭玉立,真"一泓秋水照人寒"者也③。款接间④,颇知文墨。有妹文园,尚雏⑤。

① 虎丘:在今苏州城西北,有"吴中第一名胜"之称。
② 瓜期未破:指未满十六岁。古代称女子十六岁为"破瓜"。③ 一泓秋水照人寒:指仪容秀雅爽俊,气质不俗。化用自崔珏《有赠》:"一眸春水照人寒。"④ 款接:接待,款待。⑤ 雏:幼年。

余此时初无痴想,且念一杯之叙,非寒士所能酬,而既入个中①,私心忐忑,强为酬答。因私谓闲憨曰:"余贫士也,子以尤物玩我乎②?"闲憨笑曰:"非也。今日有友人邀憨园答我,席主为尊客拉去,我代客转邀客,毋烦他虑也。"余始释然。

① 个中:这个地方。② 尤物:特指容貌美丽、特别优异的女子。

卷一　闺房记乐

虎丘之游

至半塘，两舟相遇，令憨园过舟叩见吾母①。芸、憨相见，欢同旧识，携手登山，备览名胜。芸独爱千顷云高旷②，坐赏良久。返至野芳滨，畅饮甚欢，并舟而泊。

① 叩（kòu）见：拜见。② 千顷云：虎丘的最高处。因苏轼《虎丘寺》"云水丽千顷"得名。高旷：高阔旷远。

及解维，芸谓余曰："子陪张君，留憨陪妾，可乎？"余诺之①。返棹至都亭桥，始过船分袂②。

① 诺：同意、答应。② 分袂（mèi）：分别。

归家已三鼓，芸曰："今日得见美而韵者矣。顷已约憨园明日过我，当为子图之①。"余骇曰："此非金屋不能贮②，穷措大岂敢生此妄想哉③？况我两人伉俪正笃④，何必外求？"芸笑曰："我自爱之，子姑待之⑤。"

① 图：谋划，计划。② 金屋：暗用"金屋贮娇"典故。

据说汉武帝说如果娶表姐阿娇做妻子,会造一个金屋给她住。③穷措大:旧时对贫寒读书人的称呼。④伉俪:夫妻。笃:感情深厚。⑤姑:姑且。

明午,憨果至。芸殷勤款接,筵中以猜枚赢吟输饮为令①,终席无一罗致语②。及憨园归,芸曰:"顷又与密约,十八日来此,结为姊妹,子宜备牲牢以待③。"笑指臂上翡翠钏曰:"若见此钏属于憨,事必谐矣④。顷已吐意⑤,未深结其心也。"余姑听之。

①猜枚:一种酒令,手中握若干小物件供人猜测单双、数目等。②罗致:搜罗,指纳妾。③牲牢:指牛、猪、羊等牲畜。④谐:完成,成功。⑤吐意:表达意图。

十八日大雨,憨竟冒雨至。入室良久,始挽手出,见余有羞色,盖翡翠钏已在憨臂矣。焚香结盟后,拟再续前饮。适憨有石湖之游①,即别去。芸欣然告余曰:"丽人已得②,君何以谢媒耶?"

①石湖:苏州城外西南郊的湖泊,属太湖之滨。②丽人:漂亮的女子。

余询其详，芸曰："向之秘言，恐憨意另有所属也。顷探之无他，语之曰：'妹知今日之意否？'憨曰：'蒙夫人抬举，真蓬蒿倚玉树也①，但吾母望我奢②，恐难自主耳，愿彼此缓图之。'脱钏上臂时，又语之曰：'玉取其坚，且有团圞不断之意③。妹试笼之④，以为先兆。'憨曰：'聚合之权，总在夫人也。'即此观之，憨心已得。所难必者⑤，冷香耳，当再图之。"余笑曰："卿将效笠翁之《怜香伴》耶⑥？"芸曰："然。"自此无日不谈憨园矣。后憨为有力者夺去⑦，不果。芸竟以之死。

① 蓬蒿：对资质粗陋之人的雅称，多属谦称。玉树：对风姿高雅之人的称呼。② 望我奢：对我期望过高。③ 团圞（luán）：浑圆。④ 笼：戴在臂膀上。⑤ 必：肯定。⑥ 笠翁：指明末清初文学家李渔，笠翁是他的别号。《怜香伴》：李渔的剧作，讲述两个女子相互爱恋而同嫁一夫的故事。⑦ 有力者：有权势或有财力的人。

卷二 闲情记趣

JUANER
XIANQINGJIQU

余忆童稚时,能张目对日,明察秋毫。见藐小微物,必细察其纹理,故时有物外之趣①。夏蚊成雷,私拟作群鹤舞空②,心之所向,则或千或百,果然鹤也。昂首观之,项为之强③。又留蚊于素帐中,徐喷以烟,使其冲烟飞鸣,作青云白鹤观,果如鹤唳云端④,怡然称快。于土墙凹凸处、花台小草丛杂处⑤,常蹲其身,使与台齐,定神细视,以丛草为林,以虫蚁为兽,以土砾凸者为丘,凹者为壑⑥,神游其中,怡然自得。

① 物外:超然于具体物象之外。② 拟:比拟,比作。
③ 项:脖子。强:僵硬。④ 唳:鹤的叫声。⑤ 丛杂:紧密聚集。⑥ 壑:山谷。

一日,见二虫斗草间,观之正浓,忽有庞然大物拔山倒树而来,盖一癞蛤蟆也,舌一吐而二虫尽为所吞。余年幼,方出神,不觉呀然惊恐①。神定,捉蛤蟆,鞭数十,驱之别院。年长思之,二虫之斗,盖图奸不从也,古语云"奸近杀",虫亦然耶?

① 呀然:因惊恐而张着口的样子。

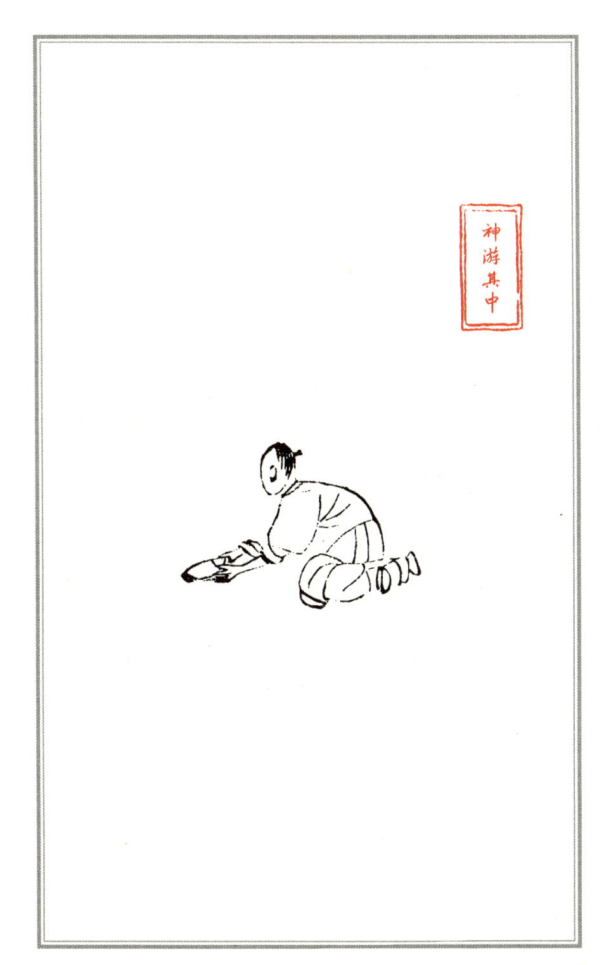

卷二　闲情记趣

神游其中

贪此生涯,卵为蚯蚓所哈(吴俗称阳曰卵)①,肿不能便②。捉鸭开口哈之,婢妪偶释手,鸭颠其颈作吞噬状,惊而大哭,传为话柄。此皆幼时闲情也。

① 卵、阳:指男性生殖器。② 便:这里指小便。

及长,爱花成癖,喜剪盆树①。识张兰坡,始精剪枝养节之法,继悟接花叠石之法。花以兰为最,取其幽香韵致也,而瓣品之稍堪入谱者不可多得②。兰坡临终时,赠余荷瓣素心春兰一盆③,皆肩平心阔,茎细瓣净,可以入谱者,余珍如拱璧④。值余幕游于外⑤,芸能亲为灌溉,花叶颇茂。不二年,一旦忽萎死,起根视之,皆白如玉,且兰芽勃然⑥。

① 盆树:盆景。以植物和山石为基本材料在盆内表现自然景观的艺术品。② 谱:指名贵花木的名单。③ 荷瓣素心:指荷花般的花瓣,白色的花心。④ 拱璧:大块璧玉,泛指珍贵的物品。⑤ 幕游:在外地做幕客。⑥ 勃然:茁壮成长、生机勃勃的样子。

卷二　闲情记趣

初不可解,以为无福消受,浩叹而已①。事后始悉有人欲分不允,故用滚汤灌杀也。从此誓不植兰。次取杜鹃,虽无香而色可久玩,且易剪裁。以芸惜枝怜叶,不忍畅剪,故难成树。其他盆玩皆然②。

①浩叹:长久地叹息。②盆玩:盆景。

惟每年篱东菊绽,秋兴成癖。喜摘插瓶,不爱盆玩。非盆玩不足观,以家无园圃,不能自植,货于市者①,俱丛杂无致②,故不取耳。其插花朵,数宜单,不宜双,每瓶取一种,不取二色,瓶口取阔大,不取窄小,阔大者舒展不拘。

①货:出售。②致:韵致,风味。

自五七花至三四十花,必于瓶口中一丛怒起,以不散漫、不挤轧①、不靠瓶口为妙,所谓"起把宜紧"也。或亭亭玉立,或飞舞横斜。花取参差,间以花架,以免飞钹耍盘之病②。叶取不乱,梗取不强,用针宜藏,针长宁断之,毋令针针露梗,所谓"瓶口宜清"也。

① 轧（yà）：挤压，倾轧。② 飞钹耍盘：形容花朵向背无变化、高低无章法，就像铙钹或盘子上下翻飞一样。

视桌之大小，一桌三瓶至七瓶而止，多则眉目不分，即同市井之菊屏矣。几之高低，自三四寸至二尺五六寸而止，必须参差高下，互相照应，以气势联络为上。若中高两低，后高前低，成排对列，又犯俗所谓"锦灰堆"矣①。或密或疏，或进或出，全在会心者得画意乃可。

① 锦灰堆：又名"八破图"，中国传统绘画与工艺纹饰的一种。

若盆碗盘洗①，用漂青②、松香、榆皮、面和油，先熬以稻灰，收成胶，以铜片按钉向上，将膏火化，粘铜片于盘碗盆洗中。俟冷，将花用铁丝扎把，插于钉上，宜斜偏取势，不可居中，更宜枝疏瘦清，不可拥挤。然后加水，用碗沙少许掩铜片，使观者疑丛花生于碗底方妙。

① 盘洗：一种盛水洗笔的器皿。② 漂青：一种绘画用的颜料。

若以木本花果插瓶，剪裁之法（不能色色自觅①，倩人攀折者，每不合意），必先执在手中，横斜以观其势，反侧以取其态。相定之后，剪去杂枝，以疏瘦古怪为佳。再思其梗如何入瓶，或折或曲，插入瓶口，方免背叶侧花之患。若一枝到手，先拘定其梗之直者插瓶中，势必枝乱梗强，花侧叶背，既难取态，更无韵致矣。折梗打曲之法，锯其梗之半而嵌以砖石，则直者曲矣。如患梗倒，敲一二钉以筦之②。即枫叶竹枝，乱草荆棘，均堪入选。或绿竹一竿，配以枸杞数粒，几茎细草，伴以荆棘两枝。苟位置得宜，另有世外之趣。若新栽花木，不妨歪斜取势，听其盆侧，一年后枝叶自能向上。如树树直栽，即难取势矣。

① 色色：每一种。② 筦：约束。这里指固定住。

至剪裁叶树，先取根露鸡爪者，左右剪成三节，然后起枝。一枝一节，七枝到顶，或九枝到顶。枝忌对节如肩臂，节忌臃肿如鹤膝。须盘旋出枝，不可光留左右，以避赤胸露背之病。又不可前后直出。有名双起三起者，一根而起两三树也。如根无爪形，便成插树，故不取。然一树剪成，至少得三四十年。余生平仅见吾乡万翁名彩章者,一生剪成数树。又在扬州商家见有虞山游客携送黄杨、翠柏各一盆①,惜乎明珠暗投②,余未见其可也。若留枝盘如宝塔,扎枝曲如蚯蚓者,便成匠气矣③。

① 虞山:江苏常熟。② 明珠暗投:把闪闪发光的珍珠投到黑暗的地方,比喻贵重的东西落入不识货的人手里。③ 匠气:指某种工艺雕刻痕迹过重,没有灵气。

点缀盆中花石,小景可以入画,大景可以入神。一瓯清茗①,神能趋入其中,方可供幽斋之玩。种水仙无灵璧石②,余尝以炭之有石意者代之③。黄芽菜心,其白如玉,取大小五七枝,用沙土植长方盆内,以炭代石,黑白分明,颇有意思。以此类推,幽趣无穷,难以枚举。如石菖蒲结子④,用冷米汤同嚼喷炭上,置阴湿地,能长细菖蒲,随意移养盆碗中,茸茸可爱⑤。

① 瓯:杯子。② 灵璧石:安徽灵璧县特产的一种名石。质地细腻温润,滑如凝脂,石纹褶皱缠结、肌理缜密,石表起伏跌宕、沟壑交错,造型粗犷峥嵘、气韵苍古。③ 石意:有石头的意趣。④ 石菖蒲:一种多年生草本植物,根茎常作药用。⑤ 茸茸:形容叶子又短又软又密。

杂以花草,篱用梅编,墙以藤引

以老莲子磨薄两头，入蛋壳，使鸡翼之，俟雏成取出，用久年燕巢泥加天门冬十分之二，捣烂拌匀，植于小器中，灌以河水，晒以朝阳，花发大如酒杯，叶缩如碗口，亭亭可爱。

若夫园亭楼阁，套室回廊①，叠石成山，栽花取势，又在大中见小，小中见大，虚中有实，实中有虚，或藏或露，或浅或深。不仅在"周回曲折"四字，又不在地广石多，徒烦工费。或掘地堆土成山，间以块石，杂以花草，篱用梅编，墙以藤引，则无山而成山矣。

① 回廊：曲折环绕的走廊。

大中见小者，散漫处植易长之竹，编易茂之梅以屏之。小中见大者，窄院之墙宜凹凸其形，饰以绿色，引以藤蔓；嵌大石，凿字作碑记形；推窗如临石壁，便觉峻峭无穷。虚中有实者，或山穷水尽处，一折而豁然开朗；或轩阁设厨处，一开而可通别院。实中有虚者，开门于不通之院，映以竹石，如有实无也；设矮栏于墙头，如上有月台①，而实虚也。

① 月台：赏月的露天平台。

屋仅两椽

贫士屋少人多，当仿吾乡太平船后梢之位置①，再加转移其间。台级为床，前后借凑，可作三榻，间以板而裱以纸②，则前后上下皆越绝③，譬之如行长路，即不觉其窄矣。

①太平船：一种游船。清代李斗《扬州画舫录》有记载："沙飞重檐飞舻，有小卷棚者谓之'太平船'。" ②裱（biǎo）：指用纸糊屋子的墙壁。③越绝：隔绝。

余夫妇乔寓扬州时①，曾仿此法。屋仅两椽②，上下卧室、厨灶、客座皆越绝，而绰然有余③。芸曾笑曰："位置虽精④，终非富贵家气象也。"是诚然欤？

①乔寓：寄居他乡。②椽（chuán）：装于屋顶以支持屋盖材料的木杆。代称房屋间数。③绰（chuò）然有余：形容宽裕。④位置：安排布置。

余扫墓山中，检有峦纹可观之石①，归与芸商曰："用油灰叠宣州石于白石盆，取色匀也。本山黄石虽古朴，亦用油灰，则黄白相间，凿痕毕露，将奈何？"

①峦纹：有山形纹路。

芸曰："择石之顽劣者，捣末于灰痕处，乘湿糁之①，干或色同也。"乃如其言，用宜兴窑长方盆叠起一峰：偏于左而凸于右，背作横方纹，如云林石法②，巉岩凹凸③，若临江石矶状④；虚一角，用河泥种千瓣白萍⑤；石上植茑萝⑥，俗呼云松。经营数日乃成。至深秋，茑萝蔓延满山，如藤萝之悬石壁⑦，花开正红色，白萍亦透水大放，红白相间。神游其中，如登蓬岛⑧。

① 糁（sǎn）：涂抹。② 云林：元代末年的大书画家倪瓒，号云林，江苏无锡人。善于画石。③ 巉岩：陡峭的岩石。④ 矶：插入江中的巨石。⑤ 白萍：一年生草本植物，浮生水面，叶子扁平，表面绿色，背面紫红色，叶下生须根，开白花，故称"白萍"，亦称"青萍""紫萍"。⑥ 茑萝：一年生缠绕草本植物，无毛，叶卵形或长圆形，花叶俱美，是做盆景的理想植物。⑦ 藤萝：又名紫藤萝。枝叶茂密，春季开花，花序大而下垂，花色淡雅，多为蓝紫色或淡紫色，藤条长而自然弯曲，非常容易造型。人们常将其攀附于花架、绿廊、山石等。⑧ 蓬岛：蓬莱岛，传说中的海上仙境。

置之檐下，与芸品题①：此处宜设水阁，此处宜立茅亭，此处宜凿六字曰"落花流水之间"，此可以居，此可以钓，此可以眺。胸中丘壑，若将移居者然。一夕，猫奴争食②，自檐而堕，连盆与架顷刻碎之。余叹曰："即此小经营，尚干造物忌耶③！"两人不禁泪落。

①品题：欣赏评论。②猫奴：猫。③干：犯。造物：造物主，创造万物的神灵。

静室焚香①，闲中雅趣。芸尝以沉速等香②，于饭镬蒸透③，在炉上设一铜丝架，离火半寸许，徐徐烘之，其香幽韵而无烟。

①静室：清静的房子，亦常指隐士的居所。②沉速：用檀香作主要原料的一种盘香。因檀木质量重，在水中沉得快，故称沉速。③镬（huò）：锅。

佛手忌醉鼻嗅，嗅则易烂；木瓜忌出汗，汗出，用水洗之；惟香橼无忌①。佛手、木瓜亦有供法，不能笔宣②。每有人将供妥者随手取嗅，随手置之，即不知供法者也。

①香橼（yuán）：又名枸橼或枸橼子，常绿小乔木或灌木。②笔宣：不能用文字表达，指不能一一介绍。

活花屏

余闲居，案头瓶花不绝。芸曰："子之插花能备风晴雨露，可谓精妙入神。而画中有草虫一法，盍仿而效之？"余曰："虫踯躅不受制①，焉能仿效？"芸曰："有一法，恐作俑罪过耳②。"余曰："试言之。"曰："虫死色不变，觅螳螂、蝉、蝶之属，以针刺死，用细丝扣虫项，系花草间，整其足，或抱梗，或踏叶，宛然如生③，不亦善乎？"余喜，如其法行之，见者无不称绝。求之闺中，今恐未必有此会心者矣。

① 踯躅（zhí zhú）：徘徊不定，形容其动静不定。② 作俑：古代制造陪葬用的偶像。后指首开恶例，常用"作俑"比喻首开恶例的人。③ 宛然：真切、逼真的样子。

余与芸寄居锡山华氏①，时华夫人以两女从芸识字。乡居院旷，夏日逼人，芸教其家作活花屏，法甚妙。每屏一扇，用木梢二枝，约长四五寸，作矮条凳式，虚其中，横四挡，宽一尺许，四角凿圆眼，插竹编方眼。屏约高六七尺，用砂盆种扁豆置屏中，盘延屏上，两人可移动。

① 锡山：山名，在江苏无锡。

藤本香草
随地可用

多编数屏,随意遮拦,恍如绿阴满窗,透风蔽日,纡回曲折,随时可更①,故曰活花屏。有此一法,即一切藤本香草随地可用。此真乡居之良法也。

①更:改变,移动。

友人鲁半舫名璋,字春山,善写松柏及梅菊,工隶书,兼工铁笔①。余寄居其家之萧爽楼一年有半。楼共五椽,东向,余居其三。晦明风雨,可以远眺。庭中有木犀一株②,清香撩人。有廊有厢③,地极幽静。移居时,有一仆一妪,并挈其小女来。仆能成衣④,妪能纺绩⑤,于是芸绣妪绩,仆则成衣,以供薪水。余素爱客,小酌必行令。芸善不费之烹庖⑥,瓜蔬鱼虾,一经芸手,便有意外味。

①铁笔:刻印。因镌刻印章时,以刀代笔,故称。②木犀:即桂花树。③廊:通"郭",指外墙。厢:即厢房,在正房前面两旁的房屋。④成衣:做衣服。⑤纺绩:把丝麻等纤维纺成纱或线。纺指纺丝,绩指缉麻。⑥不费:不昂贵。烹庖:指饭菜。

终日品诗论画而已

同人知余贫,每出杖头钱①,作竟日叙。余又好洁,地无纤尘,且无拘束,不嫌放纵。时有杨补凡名昌绪,善人物写真②,袁少迂名沛,工山水,王星澜名岩,工花卉翎毛,爱萧爽楼幽雅,皆携画具来。

① 杖头钱:即买酒钱。典出《世说新语》:"阮宣子常步行,以百钱挂杖头,至酒店,便独酣畅。虽当世贵盛,不肯诣也。"② 写真:画人物画。

余则从之学画,写草篆,镌图章,加以润笔①,交芸备茶酒供客,终日品诗论画而已。更有夏淡安、揖山两昆季②,并缪山音、知白两昆季,及蒋韵香、陆橘香、周啸霞、郭小愚、华杏帆、张闲酣诸君子,如梁上之燕,自去自来。芸则拔钗沽酒③,不动声色,良辰美景,不放轻过。今则天各一方,风流云散,兼之玉碎香埋④,不堪回首矣。

① 润笔:指为人写文章、写字、作画的报酬。② 昆季:兄弟。③ 拔钗沽酒:指女子拿出自己的私房钱为丈夫买酒。典出元稹《遣悲怀三首(其一)》:"顾我无衣搜荩箧,泥他沽酒拔金钗。"④ 玉碎香埋:指美丽的女子逝去。

长夏无事

萧爽楼有四忌：谈官宦升迁、公廨时事①、八股时文②、看牌掷色③，有犯必罚酒五斤。

① 公廨：衙门，官府。② 八股时文：即八股文，又称时文、制义、制艺、八比文，由破题、承题、起讲、入手、起股、中股、后股、束股八部分组成，故称。八股文是明清科举考试的标准文体，题目一律出自四书五经中的原文，考生答题要仿照圣人的语气说话。③ 掷色：掷骰（tóu）子，一种博戏。

有四取：慷慨豪爽、风流蕴藉、落拓不羁、澄静缄默。长夏无事，考对为会①，每会八人，每人各携青蚨二百②。先拈阄③，得第一为主者，关防别座④；第二者为誊录⑤，亦就座。

① 考对：考察对对子的本领。② 青蚨：本为传说中的一种异虫，据晋干宝《搜神记》记载，以母青蚨或子青蚨的血涂钱，钱用出去还会回来。③ 拈阄（jiū）：从预先做好记号的纸卷或纸团中每人各取一个，以决定谁该得到什么东西或做什么事。④ 关防：明清时期将临时派遣的官员所用的长方形官印称"关防"，此处指临时的主考官。别座：另外设一座。⑤ 誊录：指专门誊写考卷的人，科举考试的工作人员中有此职。

栽花小影

余作举子,各于誊录处取纸一条,盖用印章。主考出五、七言各一句,刻香为限①,行立构思,不准交头私语。对就后,投入一匣,方许就座。各人交卷毕,誊录启匣,并录一册,转呈主考,以杜徇私。十六对中取七言三联,五言三联。六联中取第一者,即为后任主考,第二者为誊录。每人有两联不取者罚钱二十文,取一联者免罚十文,过限者倍罚。一场主考得香钱百文。一日可十场,积钱千文,酒资大畅矣②。惟芸议为官卷③,准坐而构思。

①限:时间节点。②大畅:极为充裕。③官卷:清代科举制度有这样的规定:凡高级官员子弟参加乡试,皆另编字号,另入考试,以人数多寡,各分定额取中。因其试卷均编为"官"字号,故名官卷。这里指陈芸在"考对"中能享受特殊待遇。

杨补凡为余夫妇写载花小影,神情确肖①。是夜月色颇佳,兰影上粉墙,别有幽致②。星澜醉后兴发曰:"补凡能为君写真,我能为花图影。"

①肖:像,仿佛。②幽致:幽雅别致。

对花冷饮

余笑曰："花影能如人影否？"星澜取素纸铺于墙，即就兰影，用墨浓淡图之。日间取视，虽不成画，而花叶萧疏①，自有月下之趣。芸甚宝之②，各有题咏。

① 萧疏：稀稀落落。② 宝：珍视。

苏城有南园、北园二处，菜花黄时，苦无酒家小饮。携盒而往①，对花冷饮，殊无意味②。或议就近觅饮者，或议看花归饮者，终不如对花热饮为快。众议未定。芸笑曰："明日但各出杖头钱，我自担炉火来。"众笑曰："诺。"

① 盒：食盒。② 意味：意趣滋味。

众去，余问曰："卿果自往乎？"芸曰："非也，妾见市中卖馄饨者，其担锅、灶无不备，盍雇之而往？妾先烹调端整，到彼处再一下锅，茶酒两便。"余曰："酒菜固便矣，茶乏烹具。"芸曰："携一砂罐去①，以铁叉串罐柄，去其锅，悬于行灶中，加柴火煎茶，不亦便乎？"余鼓掌称善。

① 砂罐：陶质器皿。

街头有鲍姓者,卖馄饨为业,以百钱雇其担,约以明日午后,鲍欣然允议①。明日看花者至,余告以故,众咸叹服②。饭后同往,并带席垫,至南园,择柳阴下团坐。先烹茗,饮毕,然后暖酒烹肴。是时风和日丽,遍地黄金③,青衫红袖,越阡度陌④,蝶蜂乱飞,令人不饮自醉。既而酒肴俱熟,坐地大嚼,担者颇不俗,拉与同饮。

① 允议:同意提议。② 咸:全部。③ 黄金:形容灿烂的日光。④ 阡、陌:均指田野或原野上的小路。

游人见之,莫不羡为奇想。杯盘狼藉,各已陶然①,或坐或卧,或歌或啸。红日将颓②,余思粥,担者即为买米煮之,果腹而归③。

① 陶然:舒畅快乐的样子。② 颓:落下。③ 果腹:吃饱肚子。

芸问曰:"今日之游乐乎?"众曰:"非夫人之力不及此。"大笑而散。

或坐或卧
或歌或啸

贫士起居服食以及器皿、房舍，宜省俭而雅洁，省俭之法曰"就事论事"。余爱小饮，不喜多菜。芸为置一梅花盒：用二寸白磁深碟六只，中置一只，外置五只，用灰漆就，其形如梅花，底盖均起凹楞[1]，盖之上有柄如花蒂。置之案头，如一朵墨梅覆桌。启盖视之，如菜装于花瓣中，一盒六色，二三知己可以随意取食，食完再添。另做矮边圆盘一只，以便放杯箸酒壶之类，随处可摆，移掇亦便[2]。即食物省俭之一端也。

[1] 楞：同"棱"，物体上的条状突起部分。[2] 掇：拿起。

余之小帽领袜，皆芸自做。衣之破者，移东补西，必整必洁，色取暗淡，以免垢迹，既可出客[1]，又可家常。此又服饰省俭之一端也。

[1] 出客：出门待客，应酬。

初至萧爽楼中，嫌其暗，以白纸糊壁，遂亮。夏月[1]，楼下去窗，无阑干[2]，觉空洞无遮拦。

[1] 夏月：夏天。[2] 阑干：栏杆。

卷二　闲情记趣

荷叶初开

芸曰："有旧竹帘在，何不以帘代栏？"余曰："如何？"芸曰："用竹数根，黝黑色，一竖一横，留出走路。截半帘搭在横竹上，垂至地，高与桌齐。中竖短竹四根，用麻线扎定。然后于横竹搭帘处，寻旧黑布条，连横竹裹缝之。既可遮拦饰观，又不费钱。"此"就事论事"之一法也。以此推之，古人所谓竹头、木屑皆有用①，良有以也②。

① 竹头木屑：指可以利用的废料。据《世说新语·政事》载，陶侃担任荆州刺史时，让人收集木屑、竹头，木屑用来覆盖雪地，防人滑倒，竹头后来造船时作钉子用。② 良有以也：确实有道理。

夏月，荷花初开时，晚含而晓放①。芸用小纱囊撮茶叶少许，置花心，明早取出，烹天泉水泡之，香韵尤绝。

① 含：含苞，打花骨朵。

卷三 坎坷记愁

JUANSAN
KANKEJICHOU

人生坎坷，何为乎来哉？往往皆自作孽耳。余则非也。多情重诺①，爽直不羁，转因之为累。况吾父稼夫公慷慨豪侠，急人之难，成人之事，嫁人之女，抚人之儿，指不胜屈，挥金如土，多为他人。余夫妇居家，偶有需用，不免典质②。始则移东补西，继则左支右绌③。谚云："处家人情，非钱不行。"先起小人之议，渐招同室之讥④。"女子无才便是德"，真千古至言也！

① 重诺：信守诺言。② 典质：典当物品换取钱财。
③ 绌（chù）：不够，不足。④ 同室：同一家族的人。

　　余虽居长而行三，故上下呼芸为"三娘"，后忽呼为"三太太"。始而戏呼，继成习惯，甚至尊卑长幼，皆以"三太太"呼之。此家庭之变机欤①？

① 变机：灾难的征兆。

　　乾隆乙巳，随侍吾父于海宁官舍，芸于吾家书中附寄小函。吾父曰："媳妇既能笔墨，汝母家信，付彼司之。"后家庭偶有闲言，吾母疑其述事不当，仍不令代笔。吾父见信非芸手笔，询余曰："汝妇病耶？"余即作札问之①，亦不答。久之，吾父怒曰："想汝妇不屑代笔耳！"迨余归②，探知委曲③，欲为婉剖④，芸急止之曰："宁受责于翁，勿失欢于姑也。"竟不自白。

①札：书札，书信。②迨：等到。③委曲：原委，真实情况。④婉剖：委婉地说明实情。

庚戌之春，予又随侍吾父于邗江幕中①。有同事俞孚亭者，挈眷居焉。吾父谓孚亭曰："一生辛苦，常在客中②，欲觅一起居服役之人而不可得。儿辈果能仰体亲意③，当于家乡觅一人来，庶语音相合④。"孚亭转述于余，密札致芸，倩媒物色，得姚氏女。芸以成否未定，未即禀知吾母。其来也，托言邻女之嬉游者。及吾父命余接取至署，芸又听旁人意见，托言吾父素所合意者。吾母见之曰："此邻女之嬉游者也，何娶之乎？"芸遂并失爱于姑矣。

①邗江：江苏扬州一带。②客中：指旅居他乡。③仰体亲意：指体察父母的心意。④庶：差不多。

壬子春，余馆真州①。吾父病于邗江，余往省②，亦病焉。余弟启堂时亦随侍。芸来书曰："启堂弟曾向邻妇借贷，倩芸作保，现追索甚急③。"余询启堂，启堂转以嫂氏为多事。余遂批纸尾曰："父子皆病，无钱可偿。俟启弟归时，自行打算可也。"未几，病皆愈，余仍往真州。芸覆书来④，吾父拆视之，中述启弟邻项事⑤，且云："令堂以老人之病皆由姚姬而起⑥，翁病稍痊⑦，宜密嘱姚托言思家，妾当令其家父母到扬接取。实彼此卸责之计也。"

① 真州：江苏仪征。② 省：省亲，看望父母。③ 追索：追讨债务。④ 覆书：回信。⑤ 邻项：向邻居借债。⑥ 令堂：对对方母亲的称呼。陈芸身为儿媳，而称婆婆为令堂，于礼法上不合。⑦ 痊：痊愈，疾病完全好转。

吾父见书怒甚，询启堂以邻项事，答言不知，遂札饬余曰①："汝妇背夫借债，谗谤小叔。且称姑曰令堂，翁曰老人，悖谬之甚！我已专人持札回苏斥逐。汝若稍有人心，亦当知过！"

① 饬：申饬，斥责。

卷三 坎坷记愁

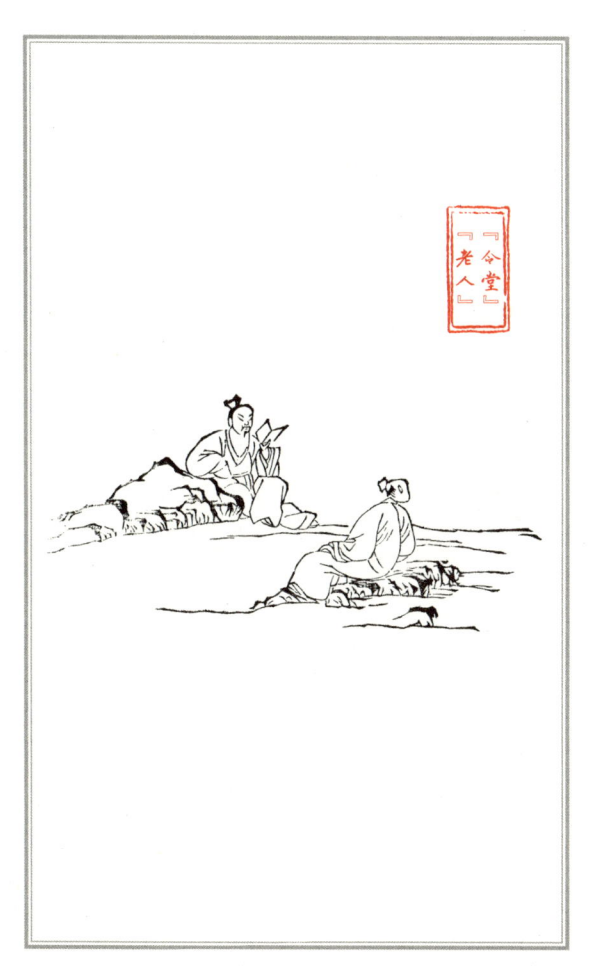

余接此札,如闻青天霹雳①,即肃书认罪②,觅骑遄归③,恐芸之短见也。到家述其本末,而家人乃持逐书至,历斥多过,言甚决绝④。芸泣曰:"妾固不合妄言,但阿翁当恕妇女无知耳。"越数日,吾父又有手谕至⑤,曰:"我不为已甚⑥,汝携妇别居,勿使我见,免我生气,足矣。"乃寄芸于外家⑦,而芸以母亡弟出,不愿往依族中。幸友人鲁半舫闻而怜之,招余夫妇往居其家萧爽楼。

① 青天霹雳:晴天打响雷,形容事出意外,令人震惊。② 肃书:郑重地写好检讨书。③ 遄(chuán):急忙,急速。④ 决绝:严厉而不留情面。⑤ 手谕:指上司或尊长亲笔写的指示。⑥ 不为已甚:事情不做得太过分,对他人的责怪或处罚适可而止。语出《孟子》:"仲尼不为已甚者。"⑦ 外家:旧时女子出嫁后称娘家为外家。

越两载,吾父渐知始末。适余自岭南归①,吾父自至萧爽楼谓芸曰:"前事我已尽知,汝盍归乎?"

① 岭南:五岭以南地区,指今天的广东、广西一带。

卷三 坎坷记愁

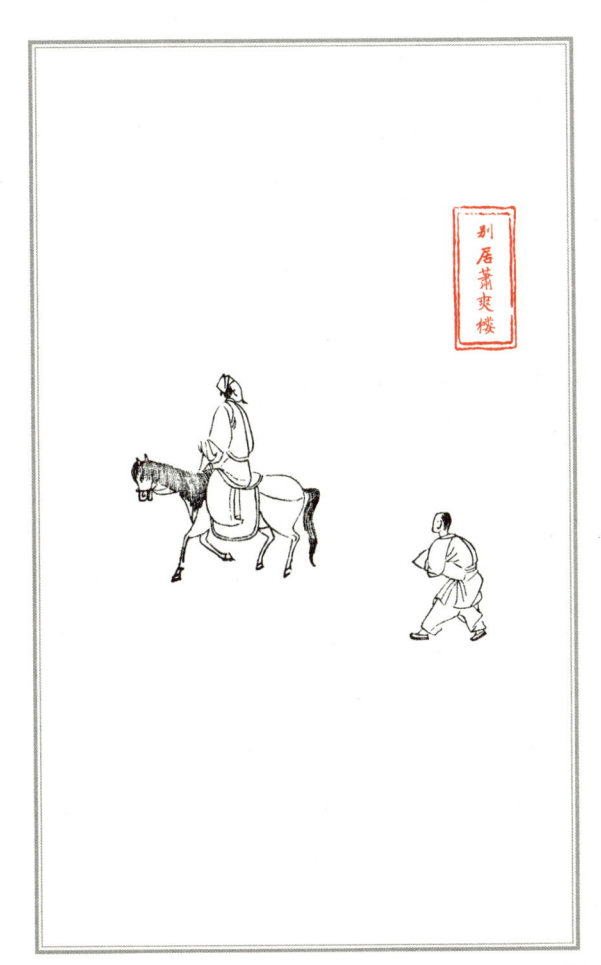

别居萧爽楼

余夫妇欣然,仍归故宅,骨肉重圆。岂料又有憨园之孽障耶[1]!

[1] 孽障:佛教指妨碍修行的罪过,借指猝不及防、难以摆脱的磨难。

芸素有血疾[1],以其弟克昌出亡不返,母金氏复念子病没,悲伤过甚所致。自识憨园,年余未发,余方幸其得良药。而憨为有力者夺去,以千金作聘,且许养其母。佳人已属沙叱利矣[2]。余知之而未敢言也。及芸往探,始知之,归而呜咽[3],谓余曰:"初不料憨之薄情乃尔也。"余曰:"卿自情痴耳,此中人何情之有哉[4]?况锦衣玉食者,未必能安于荆钗布裙也[5]。与其后悔,莫若无成。"因抚慰之再三。

[1] 血疾:指便血、吐血、咳血等出血的疾病。[2] 沙叱利:指强夺他人妻妾或民女的权豪。典出唐许尧佐《柳氏传》,其中记载唐代蕃将沙叱利恃势劫占韩翃美姬柳氏的故事。[3] 呜咽:因难过而止不住地低声哭泣。
[4] 此中人:特指风月场中的女子。[5] 荆钗布裙:戴着荆木做的钗子,穿着布做的裙子,指女子过着贫寒的生活。

卷三 坎坷记愁

佳人已去

而芸终以受愚为恨,血疾大发,床席支离①,刀圭无效②,时发时止,骨瘦形销。不数年而逋负日增③,物议日起④。老亲又以盟妓一端⑤,憎恶日甚。余则调停中立,已非生人之境矣⑥。

①支离:瘦弱不堪的样子。②刀圭:称量中药的器物,代指药物。③逋负:欠债。④物议:外人的议论,特指非议。⑤老亲:父母。盟妓:指与憨园约为姐妹一事。⑥生人:活人。

芸生一女名青君,时年十四,颇知书,且极贤能,质钗典服,幸赖辛劳。子名逢森,时年十二,从师读书。余连年无馆,设一书画铺于家门之内,三日所进,不敷一日所出①,焦劳困苦,竭蹶时形②。隆冬无裘③,挺身而过④,青君亦衣单股栗⑤,犹强曰"不寒"。因是,芸誓不医药。偶能起床,适余有友人周春煦自福郡王幕中归,倩人绣《心经》一部,芸念绣经可以消灾降福,且利其绣价之丰⑥,竟绣焉。而春煦行色匆匆,不能久待,十日告成,弱者骤劳,致增腰酸头晕之疾。岂知命薄者,佛亦不能发慈悲也!

① 敷：足够。② 竭蹶：走路没有力气而跌跌撞撞的样子，代指经济困难。形：表现出来。③ 隆冬：严冬，冬天最寒冷的一段时期。裘：毛皮大衣。④ 挺身：直着身子，形容无衣挺过寒冬的样子。⑤ 股栗：因为寒冷，大腿发抖。⑥ 丰：指报酬丰厚。

绣经之后，芸病转增，唤水索汤，上下厌之。有西人赁屋于余画铺之左，放利债为业①，时倩余作画，因识之。友人某向渠借五十金②，乞余作保，余以情有难却，允焉，而某竟挟资远遁③。西人惟保是问，时来饶舌④。初以笔墨为抵，渐至无物可偿。

① 放利债：指放出收益很高的债务给他人。② 渠：他。
③ 遁：逃避。④ 饶舌：啰嗦，聒噪。

岁底，吾父家居，西人索债，咆哮于门。吾父闻之，召余诃责曰："我辈衣冠之家，何得负此小人之债！"正剖诉间①，适芸有自幼同盟姊适锡山华氏，知其病，遣人问讯。

① 剖诉：剖白，解释。

堂上误以为憨园之使,因愈怒曰:"汝妇不守闺训,结盟娼妓;汝亦不思习上,滥伍小人①。若置汝死地,情有不忍。姑宽三日限,速自为计,迟必首汝逆矣②!"

①滥伍:随意结交。②首:指向官府告发。

芸闻而泣曰:"亲怒如此,皆我罪孽。妾死君行,君必不忍;妾留君去,君必不舍。姑密唤华家人来,我强起问之。"因令青君扶至房外,呼华使问曰:"汝主母特遣来耶①,抑便道来耶?"曰:"主母久闻夫人卧病,本欲亲来探望,因从未登门,不敢造次②。临行嘱咐:'倘夫人不嫌乡居简亵③,不妨到乡调养,践幼时灯下之言④。'"盖芸与同绣日⑤,曾有疾病相扶之誓也。因嘱之曰:"烦汝速归,禀知主母,于两日后放舟密来。"

①主母:女主人。②造次:仓促、鲁莽地做某事。③简亵:简陋亵慢。④践:践行,履行。⑤同绣日:指一起待字闺中的时候。

其人既退，谓余曰："华家盟姊，情逾骨肉。君若肯至其家，不妨同行。但儿女携之同往既不便，留之累亲又不可，必于两日内安顿之。"时余有表兄王荩臣一子名韫石，愿得青君为媳妇。芸曰："闻王郎懦弱无能，不过守成之子①，而王又无成可守。幸诗礼之家，且又独子，许之可也。"

① 守成：继承家业。

余谓荩臣曰："吾父与君有渭阳之谊①，欲媳青君，谅无不允。但待长而嫁，势所不能。余夫妇往锡山后，君即禀知堂上，先为童媳，何如？"荩臣喜曰："谨如命。"逢森亦托友人夏揖山转荐学贸易。安顿已定，华舟适至，时庚申之腊廿五日也。芸曰："孑然出门②，不惟招邻里笑，且西人之项无着，恐亦不放，必于明日五鼓悄然而去。"余曰："卿病中能冒晓寒耶？"芸曰："死生有命，无多虑也。"密禀吾父，亦以为然。

① 渭阳：指甥舅关系。典出《诗经》："我送舅氏，曰至渭阳。"② 孑然：独自一人。

是夜，先将半肩行李挑下船，令逢森先卧。青君泣于母侧，芸嘱曰："汝母命苦，兼亦情痴，故遭此颠沛①。幸汝父待我厚，此去可无他虑。两三年内，必当布置重圆。汝至汝家须尽妇道，勿似汝母。汝之翁姑以得汝为幸，必善视汝②。所留箱笼什物③，尽付汝带去。汝弟年幼，故未令知，临行时托言就医④，数日即归。俟我去远，告知其故，禀闻祖父可也。"

① 颠沛：辗转流徙、动荡不安的生活。② 善视：好好对待。③ 什物：各种物品。④ 就医：找医生看病。

旁有旧妪，即前卷中曾赁其家消暑者，愿送至乡，故是时陪侍在侧，拭泪不已。将交五鼓，暖粥，共啜之①。

① 啜（chuò）：喝，吃。

芸强颜笑曰："昔一粥而聚，今一粥而散，若作传奇①，可名《吃粥记》矣。"

① 传奇：明清时期昆曲等戏剧演出时所用的剧本。

卷三 坎坷记愁

吃粥记

逢森闻声亦起，呻曰："母何为？"芸曰："将出门就医耳。"逢森曰："起何早？"曰："路远耳。汝与姊相安在家，毋讨祖母嫌。我与汝父同往，数日即归。"

鸡声三唱，芸含泪扶妪，启后门将出。逢森忽大哭曰："噫，我母不归矣！"青君恐惊人，急掩其口而慰之。当是时，余两人寸肠已断，不能复作一语，但止以"勿哭"而已。

青君闭门后，芸出巷十数步，已疲不能行，使妪提灯，余背负之而行。将至舟次①，几为逻者所执②，幸老妪认芸为病女，余为婿，且得舟子皆华氏工人，闻声接应，相扶下船。解维后，芸始放声痛哭。是行也，其母子已成永诀矣！

① 舟次：停船的地方。② 逻者：巡逻的人。

华名大成，居无锡之东高山，面山而居，躬耕为业，人极朴诚。其妻夏氏，即芸之盟姊也。是日午未之交，始抵其家。华夫人已倚门而待，率两小女至舟，相见甚欢，扶芸登岸，款待殷勤。

卷三 坎坷记愁

负而行

四邻妇人孺子哄然入室①,将芸环视,有相问讯者,有相怜惜者,交头接耳,满室啾啾②。芸谓华夫人曰:"今日真如渔父入桃源矣。"华曰:"妹莫笑,乡人少所见多所怪耳。"自此相安度岁③。

①哄然:声音很大的样子。②啾啾:形容众多细碎的声音。③度岁:过年。

至元宵,仅隔两旬而芸渐能起步。是夜观龙灯于打麦场中,神情态度,渐可复元。余乃心安,与之私议曰:"我居此非计,欲他适而短于资,奈何?"芸曰:"妾亦筹之矣①。君姊丈范惠来现于靖江盐公堂司会计②,十年前曾借君十金,适数不敷,妾典钗凑之,君忆之耶?"余曰:"忘之矣。"芸曰:"闻靖江去此不远,君盍一往?"余如其言。

①筹:筹划,考虑。②盐公堂:管理盐政的机构。

时天颇暖,织绒袍、哔叽短褂犹觉其热,此辛酉正月十六日也。是夜宿锡山客旅,赁被而卧。晨起,趁江阴航船,一路逆风,继以微雨。

卷三 坎坷记愁

客旅

夜至江阴江口，春寒彻骨，沽酒御寒①，囊为之罄②。踌躇终夜，拟卸衬衣质钱而渡。十九日，北风更烈，雪势犹浓，不禁惨然泪落，暗计房资渡费，不敢再饮。正心寒股栗间，忽见一老翁，草鞋毡笠，负黄包，入店，以目视余，似相识者。余曰："翁非泰州曹姓耶？"答曰："然。我非公，死填沟壑矣③！今小女无恙，时诵公德④。不意今日相逢，何逗留于此？"盖余幕泰州时，有曹姓，本微贱，一女有姿色，已许婿家，有势力者放债谋其女，致涉讼。余从中调护，仍归所许⑤。曹即投入公门为隶，叩首作谢，故识之。余告以投亲遇雪之由，曹曰："明日天晴，我当顺途相送。"出钱沽酒，备极款洽。

① 沽酒：买酒。② 罄：完，尽。③ 沟壑：指山沟，借指野死之处或困厄之境。④ 诵：称赞。⑤ 所许：当初许配的人家。

二十日，晓钟初动①，即闻江口唤渡声②。余惊起，呼曹同济。曹曰："勿急，宜饱食登舟。"乃代偿房饭钱，拉余出沽。余以连日逗留，急欲赶渡，食不下咽，强啖麻饼两枚。及登舟，江风如箭，四肢发战③。曹曰："闻江阴有人缢于靖④，其妻雇是舟而往，必俟雇者来始渡耳。"枵腹忍寒⑤，午始解缆。至靖，暮烟四合矣。曹曰："靖有公堂两处，所访者城内耶，城外耶？"余踉跄随其后⑥，且行且对曰："实不知其内外也。"曹曰："然则且止宿⑦，明日往访耳。"进旅店，鞋袜已为泥淤湿透，索火烘之，草草饮食，疲极酣睡。晨起，袜烧其半，曹又代偿房饭钱。

> ①晓钟：报晓的钟声。②唤渡：提醒、催促渡河。③发战：发抖。④靖：靖江的简称。⑤枵（xiāo）腹：饿着肚子。⑥踉跄（liàng qiàng）：形容走路不稳，晃晃荡荡。⑦止宿：停下来住宿。

访至城中，惠来尚未起，闻余至，披衣出。见余状，惊曰："舅何狼狈至此①？"余曰："姑勿问，有银乞借二金，先遣送我者。"惠来以番饼二圆授余②，即以赠曹。曹力却③，受一圆而去。余乃历述所遭，并言来意。

> ①狼狈：困顿疲惫。②番饼：旧时对流入我国的外国银元的俗称，多是墨西哥鹰洋。③力却：极力推辞。

君遇雪乎

惠来曰："郎舅至戚①,即无宿逋②,亦应竭尽绵力。无如航海盐船新被盗,正当盘账之时③,不能挪移丰赠,当勉措番银二十圆以偿旧欠④,何如?"余本无奢望,遂诺之。

① 至戚:极为亲密的亲戚。② 宿逋:拖欠已久的债务。
③ 盘账:整理账目。④ 勉措:尽量筹集。

留住两日,天已晴暖,即作归计。廿五日,仍回华宅。芸曰:"君遇雪乎?"余告以所苦。因惨然曰:"雪时,妾以为君抵靖,乃尚逗留江口。幸遇曹老,绝处逢生,亦可谓吉人天相矣①。"越数日,得青君信,知逢森已为揖山荐引入店,芑臣请命于吾父,择正月二十四日将伊接去。儿女之事,粗能了了②,但分离至此,令人终觉惨伤耳。二月初,日暖风和,以靖江之项薄备行装③,访故人胡肯堂于邗江盐署,有贡局众司事公延入局④,代司笔墨,身心稍定。

① 吉人天相:好人得到上天的帮助。相,扶助。② 粗:大致。了了:了却,完成。③ 项:款项。④ 公延:一起延请。

平山之胜

至明年壬戌八月,接芸书曰:"病体全瘳①,惟寄食于非亲非友之家,终觉非久长之策。愿亦来邗,一睹平山之胜②。"

①瘳(chōu):痊愈。②平山:扬州城北的名胜,有平山堂等遗迹。

余乃赁屋于邗江先春门外,临河两椽,自至华氏接芸同行。华夫人赠一小奚奴曰阿双①,帮司炊爨②,并订他年结邻之约③。

①奚奴:仆役,奴仆。②爨(cuàn):烧火做饭。③结邻:做邻居。

时已十月,平山凄冷,期以春游。满望散心调摄①,徐图骨肉重圆。不满月,而贡局司事忽裁十有五人,余系友中之友②,遂亦散闲。

①满望:热忱地期望。调摄:调养身体。②友中之友:朋友的朋友,指关系极为疏远。

囊饼徒步

芸始犹百计代余筹画，强颜慰藉，未尝稍涉怨尤①。至癸亥仲春，血疾大发。余欲再至靖江作将伯之呼②，芸曰："求亲不如求友。"

① 怨尤：怨愤与不满。语出《论语》："不怨天，不尤人。"② 将伯之呼：求人帮忙。典出《诗经》："将伯助予。"

余曰："此言虽是，奈友虽关切，现皆闲处，自顾不遑①。"芸曰："幸天时已暖，前途可无阻雪之虑，愿君速去速回，勿以病人为念。君或体有不安，妾罪更重矣。"

① 不遑（huáng）：来不及。

时已薪水不继，余佯为雇骡以安其心①，实则囊饼徒步，且食且行。向东南，两渡叉河，约八九十里，四望无村落。至更许，但见黄沙漠漠，明星闪闪②，得一土地祠，高约五尺许，环以短墙，植以双柏。

① 佯：假装。② 明星：启明星，即金星。

因向神叩首，祝曰①："苏州沈某投亲失路至此，欲假神祠一宿，幸神怜佑。"于是移小石香炉于旁，以身探之，仅容半体。以风帽反戴掩面，坐半身于中，出膝于外。闭目静听，微风萧萧而已②。足疲神倦，昏然睡去。

① 祝：祷告。② 萧萧：风声。

及醒，东方已白，短墙外忽有步语声，急出探视，盖土人赶集经此也①。问以途，曰："南行十里即泰兴县城，穿城向东南十里一土墩②，过八墩即靖江，皆康庄也。"

① 土人：当地人。② 土墩：小土堆。

余乃反身，移炉于原位，叩首作谢而行。过泰兴，即有小车可附。申刻抵靖①。投刺焉②，良久，司阍者曰③："范爷因公往常州去矣。"

① 申刻：下午三点至五点。② 刺：刻有姓名的木片，相当于今天的名片。③ 司阍(hūn)者：守门人，看门人。

卷三　坎坷记愁

問以途

察其辞色①，似有推托。余诘之曰②："何日可归？"曰："不知也。"

① 辞色：言语和脸色。② 诘：诘问，追问。

余曰："虽一年亦将待之①。"闻者会余意②，私问曰："公与范爷嫡郎舅耶③？"余曰："苟非嫡者，不待其归矣。"闻者曰："公姑待之。"越三日，乃以回靖告，共挪二十五金。

① 虽：即使。② 会：察觉，明白。③ 嫡：正宗的，血统最近的。

雇骡急返，芸正形容惨变，咻咻涕泣①。见余归，卒然曰②："君知昨午阿双卷逃乎③？倩人大索④，今犹不得。失物小事，人系伊母临行再三交托。今若逃归，中有大江之阻，已觉堪虞⑤，倘其父母匿子图诈，将奈之何？且有何颜见我盟姊？"

① 咻（xiū）咻：形容喘息声。此处指哭得伤心而喘气。
② 卒然：忽然。③ 卷逃：携款而逃。④ 大索：大规模追寻。⑤ 虞：担心，忧虑。

蹇驢惠返

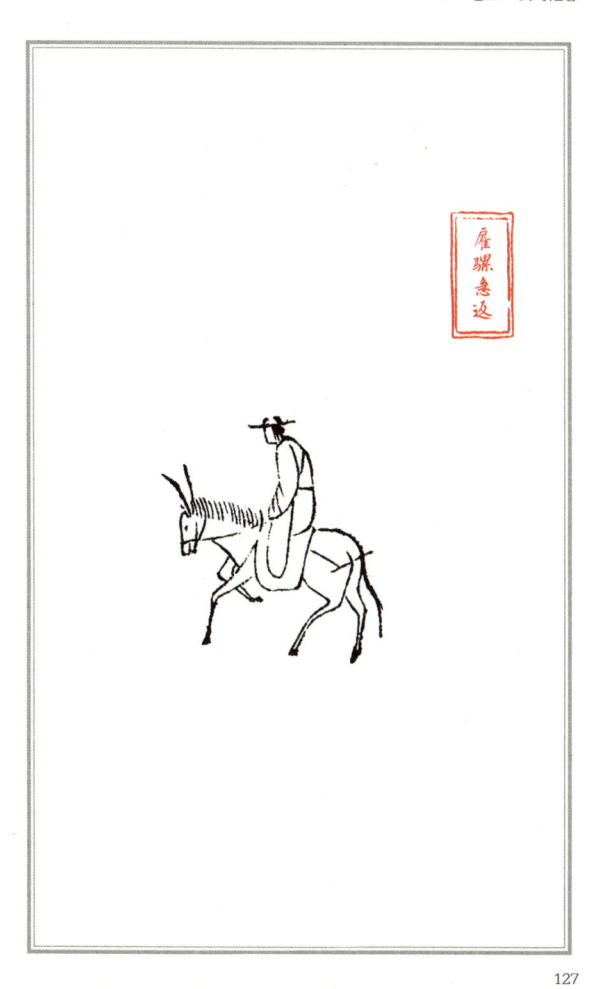

余曰:"请勿急,卿虑过深矣。匪子图诈,诈其富有也,我夫妇两肩担一口耳。况携来半载,授衣分食,从未稍加扑责①,邻里咸知。此实小奴丧良②,乘危窃逃。华家盟姊赠以匪人③,彼无颜见卿,卿何反谓无颜见彼耶?今当一面呈县立案,以杜后患可也。"

①扑责:鞭打责骂。②良:天良,良心。③匪人:不合适的人。

芸闻余言,意似稍释。然自此梦中呓语,时呼"阿双逃矣",或呼"憨何负我",而病势日以增矣。余欲延医诊治,芸阻曰:"妾病始因弟亡母丧,悲痛过甚。继为情感,后由忿激,而平素又多过虑,满望努力做一好媳妇,而不能得,以至头眩、怔忡诸症毕备①。所谓病入膏肓②,良医束手,请勿为无益之费。忆妾唱随二十三年③,蒙君错爱,百凡体恤④,不以顽劣见弃,知己如君,得婿如此,妾已此生无憾!若布衣暖,菜饭饱,一室雍雍⑤,优游泉石,如沧浪亭、萧爽楼之处境,真成烟火神仙矣。神仙几世才能修到,我辈何人,敢望神仙耶?强而求之,致干造物之忌,即有情魔之扰。总因君太多情,妾生薄命耳!"

① 怔忡（zhēng chōng）：心悸。② 病入膏肓（huāng）：形容病情十分严重，无法医治。古人把心尖脂肪叫"膏"，心脏与膈膜之间叫"肓"。③ 唱随："夫唱妇随"的略称，指夫妻和睦相处。④ 百凡：即凡百，各种事情。体恤（xù）：体贴，为人着想，给以照顾。⑤ 雍雍：融洽和乐的样子。

因又呜咽而言曰："人生百年，终归一死。今中道相离，忽焉长别，不能终奉箕帚①，目睹逢森娶妇，此心实觉耿耿②。"言已，泪落如豆。

① 箕帚（zhǒu）：畚箕与扫帚，皆扫除的工具。这里指操持家里杂务。② 耿耿：心中挂怀，烦恼。

余勉强慰之曰："卿病八月，恹恹欲绝者屡矣①，今何忽作断肠语耶？"芸曰："连日梦我父母放舟来接②，闭目即飘然上下，如行云雾中，殆魂离而躯壳存乎③？"

① 恹（yān）恹：因患病而精神疲乏的样子。屡：多次。② 放舟：开船，行船。③ 殆：恐怕。

曾经沧海

余曰："此神不收舍，服以补剂，静心调养，自能安痊。"芸又唏嘘曰①："妾若稍有生机一线，断不敢惊君听闻。今冥路已近，苟再不言，言无日矣。君之不得亲心②，流离颠沛，皆由妾故。妾死则亲心自可挽回，君亦可免牵挂。堂上春秋高矣③，妾死，君宜早归。如无力携妾骸骨归，不妨暂厝于此④，待君将来可耳。愿君另续德容兼备者⑤，以奉双亲，抚我遗子，妾亦瞑目矣。"

① 唏嘘：感慨，叹息。② 亲心：父母的欢心。③ 春秋：年龄。多用来指老人或尊长。④ 厝（cuò）：将灵柩暂时停放在某处而不安葬。⑤ 德容：德行与容貌。

言至此，痛肠欲裂，不觉惨然大恸①。余曰："卿果中道相舍，断无再续之理，况'曾经沧海难为水，除却巫山不是云'耳②。"

① 大恸（tòng）：极度悲伤。② 曾经沧海难为水，除却巫山不是云：出自元稹《离思》，指经历一段铭心刻骨的感情后再难移情于他人。

卷三　坎坷记愁

　　芸乃执余手而更欲有言，仅断续叠言"来世"二字。忽发喘口噤①，两目瞪视，千呼万唤，已不能言。痛泪两行，涔涔流溢②。

　　①噤（jìn）：闭口不言。②涔涔：形容泪水不断往下流的样子。

　　既而喘渐微，泪渐干，一灵缥缈①，竟尔长逝！时嘉庆癸亥三月三十日也。当是时，孤灯一盏，举目无亲，两手空拳，寸心欲碎。绵绵此恨，曷其有极②！

　　①一灵：灵魂，魂魄。②曷其有极：语出《诗经》，指这样的情绪何时是个尽头！

　　承吾友胡省堂以十金为助，余尽室中所有，变卖一空，亲为成殓①。呜呼！芸一女流，具男子之襟怀才识。归吾门后，余日奔走衣食，中馈缺乏，芸能纤悉不介意②。及余家居，惟以文字相辩析而已。卒之疾病颠连，赍恨以没③，谁致之耶？

　　①殓：为尸体穿衣入棺。②纤悉：一丝一毫。③赍（jī）恨：带着遗憾。

浮生六记

余有负闺中良友，又何可胜道哉！奉劝世间夫妇，固不可彼此相仇，亦不可过于情笃。语云"恩爱夫妻不到头"，如余者，可作前车之鉴也。

回煞之期①，俗传是日魂必随煞而归，故房中铺设一如生前，且须铺生前旧衣于床上，置旧鞋于床下，以待魂归瞻顾②，吴下相传谓之"收眼光"。延羽士作法③，先召于床而后遣之，谓之"接眚"④。邗江俗例，设酒肴于死者之室，一家尽出，谓之"避眚"。以故有因避被窃者。

① 回煞：又称回魂。旧时迷信指人死若干日后灵魂回家一次的行为，一般在人死后七天。② 瞻顾：看望，看视。③ 羽士：道士。④ 眚（shěng）：死者回煞。

芸娘眚期，房东因同居而出避，邻家嘱余亦设肴远避。余冀魂归一见①，姑漫应之②。同乡张禹门谏余曰③："因邪入邪，宜信其有，勿尝试也。"余曰："所以不避而待之者，正信其有也。"

① 冀：希望。② 漫应：随口答应而不以为然。③ 谏：劝说。

张曰:"回煞犯煞,不利生人。夫人即或魂归,业已阴阳有间,窃恐欲见者无形可接,应避者反犯其锋耳。"时余痴心不昧①,强对曰:"死生有命。君果关切,伴我何如?"张曰:"我当于门外守之,君有异见,一呼即入可也。"

① 不昧:不忘。

余乃张灯入室①,见铺设宛然而音容已杳②,不禁心伤泪涌。又恐泪眼模糊,失所欲见,忍泪睁目,坐床而待。抚其所遗旧服,香泽犹存,不觉柔肠寸断,冥然昏去③。

① 张灯:点灯。② 杳:远得看不见踪影。③ 冥然:恍惚的样子。

转念待魂而来,何遽睡耶?开目四视,见席上双烛青焰荧荧①,缩光如豆,毛骨悚然,通体寒栗。

① 荧荧:指灯光闪烁的样子。

卷三 坎坷记愁

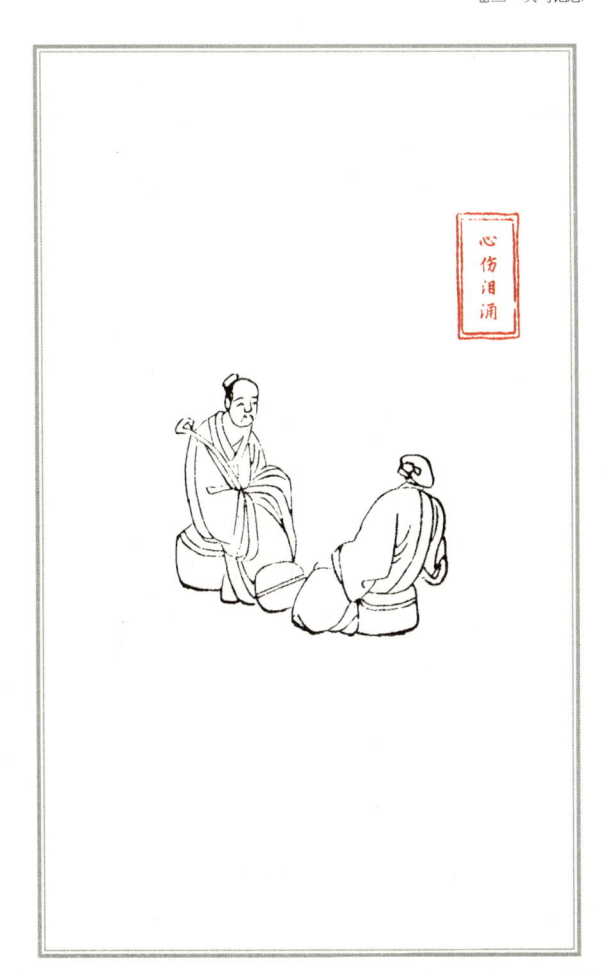

心伤泪涌

因摩两手擦额,细瞩之,双焰渐起,高至尺许,纸裱顶格①,几被所焚。余正得藉光四顾间,光忽又缩如前。此时心春股栗,欲呼守者进观,而转念柔魂弱魄,恐为盛阳所逼,悄呼芸名而祝之,满室寂然②,一无所见。既而烛焰复明,不复腾起矣。出告禹门,服余胆壮,不知余实一时情痴耳。

① 顶格:指天花板。② 寂然:悄无声息的样子。

芸没后,忆和靖"妻梅子鹤"语①,自号梅逸。权葬芸于扬州西门外之金桂山②,俗呼郝家宝塔。

① 和靖:即北宋初年的隐士林逋,字君复,谥号和靖先生。隐居杭州孤山时,植梅养鹤,以梅为妻,以鹤为子,清高自适。② 权:暂时。

买一棺之地,从遗言寄于此。携木主还乡①,吾母亦为悲悼。青君、逢森归来,痛哭成服②。

① 木主:木制的神位,上书死者姓名以供祭祀。② 成服:穿上丧服。

卷三 坎坷记愁

梅妻鹤子

启堂进言曰:"严君怒犹未息①。兄宜仍往扬州,俟严君归里,婉言劝解,再当专札相招。"余遂拜母,别子女,痛哭一场,复至扬州,卖画度日。因得常哭于芸娘之墓,影单形只,备极凄凉。且偶经故居,伤心惨目。重阳日,邻家皆黄,芸墓独青,守坟者曰:"此好穴场,故地气旺也②。"余暗祝曰:"秋风已紧,身尚衣单。卿若有灵,佑我图得一馆,度此残年,以待家乡信息。"

① 严君:父亲。② 穴场:风水学上指坟地所在的地方。

未几,江都幕客章驭庵先生欲回浙江葬亲,倩余代庖三月①,得备御寒之具。封篆出署②,张禹门招寓其家。张亦失馆,度岁艰难,商于余,即以余赀二十金倾囊借之,且告曰:"此本留为亡荆扶柩之费③,一俟得有乡音,偿我可也。"是年即寓张度岁,晨占夕卜,乡音殊杳。

① 代庖:指代替他人来做某事。② 封篆:将印信放好,指定完成某项工作。③ 亡荆:亡妻。

卷三 坎坷记愁

晨占夕卜

至甲子三月，接青君信，知吾父有病。即欲归苏，又恐触旧忿①。正趑趄观望间②，复接青君信，始痛悉吾父业已辞世。刺骨痛心，呼天莫及。

① 旧忿：旧时的忿恨。② 趑趄（zī jū）：形容犹豫不决的样子。

无暇他计，即星夜驰归①，触首灵前，哀号流血。呜呼！吾父一生辛苦，奔走于外。生余不肖，既少承欢膝下，又未侍药床前，不孝之罪，何可逭哉②！

① 星夜：连夜。② 逭（huàn）：免除。

吾母见余哭，曰："汝何此日始归耶？"余曰："儿之归，幸得青君孙女信也。"吾母目余弟妇，遂默然。余入幕守灵至七终①，无一人以家事告、以丧事商者。余自问人子之道已缺，故亦无颜询问。

① 七终：指葬礼的祭奠仪式完成。旧时从死者去世之日起，每七天举行一次祭奠活动。一般从一七祭奠至五七，亦有祭奠至七七、十七者。

卷三　坎坷记愁

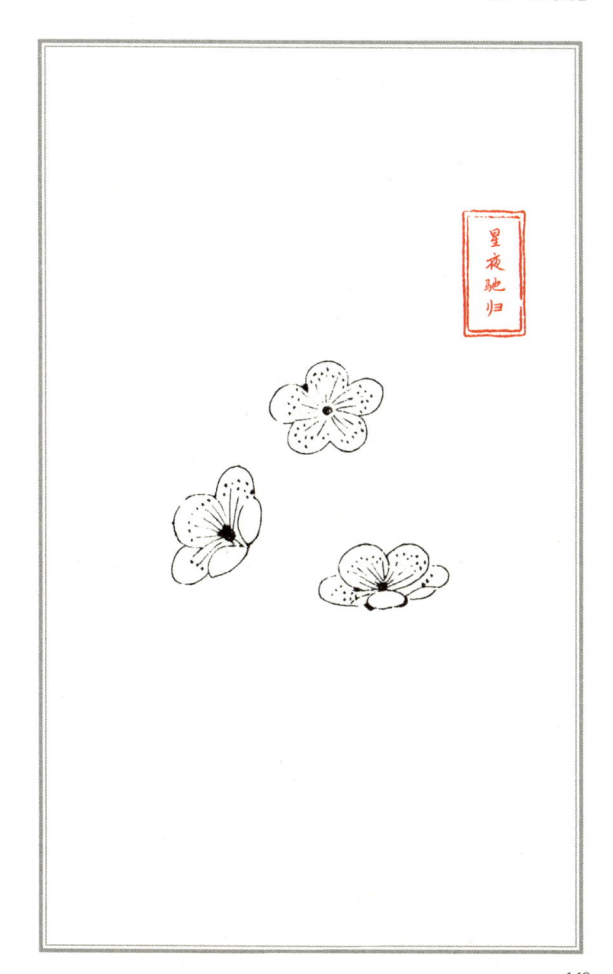

一日，忽有向余索逋者登门饶舌①，余出应曰："欠债不还，固应催索。然吾父骨肉未寒，乘凶追呼，未免太甚。"中有一人私谓余曰："我等皆有人招之使来。公且避出，当向招我者索偿也。"余曰："我欠我偿，公等速退！"皆唯唯而去②。余因呼启堂谕之曰："兄虽不肖，并未作恶不端。若言出嗣降服③，从未得过纤毫嗣产④。此次奔丧归来，本人子之道，岂为争产故耶？大丈夫贵乎自立，我既一身归，仍以一身去耳！"言已，返身入幕，不觉大恸。叩辞吾母，走告青君，行将出走深山，求赤松子于世外矣⑤。

① 索逋：追讨债务。② 唯唯：恭敬的答应声。③ 出嗣：过继给他人作子嗣。降服：指丧礼上穿的丧服降低级别，即关系疏远一层。④ 嗣产：遗产。⑤ 赤松子：传说中的仙人，相传为神农时雨师。

青君正劝阻间，友人夏南熏字淡安、夏逢泰字揖山两昆季寻踪而至，抗声谏余曰①："家庭若此，固堪动忿，但足下父死而母尚存②，妻丧而子未立③，乃竟飘然出世，于心安乎？"余曰："然则如之何？"淡安曰："奉屈暂居寒舍。闻石琢堂殿撰有告假回籍之信④，盍俟其归而往谒之？其必有以位置君也⑤。"余曰："凶丧未满百日⑥，兄等有老亲在堂，恐多未便。"揖山曰："愚兄弟之相邀，亦家君意也⑦。足下如执以为不便⑧，西邻有禅寺，方丈僧与余交最善，足下设榻于寺中，何如？"余诺之。青君曰："祖父所遗房产，不下三四千金，既已分毫不取，岂自己行囊亦舍去耶？我往取之，径送禅寺父亲处可也。"因是于行囊之外，转得吾父所遗图书、砚台、笔筒数件。

① 抗声：高声。② 足下：对朋友、同辈的敬称。③ 立：指成家立业。④ 殿撰：状元的别称。明清例授一甲第一名为翰林院修撰，故沿称状元为殿撰。⑤ 位置：安排职位。⑥ 凶丧：丧事。⑦ 家君：自己的父亲。⑧ 执：执意，坚持以为。

寺僧安置余于大悲阁。阁南向，向东设神像，隔西首一间，设月窗，紧对佛龛①，本为作佛事者斋食之地。

① 佛龛（kān）：供奉佛像的小阁子。

夜深不寐

余即设榻其中，临门有关圣提刀立像①，极威武。院中有银杏一株，大三抱，荫覆满阁，夜静风声如吼。揖山常携酒果来对酌，曰："足下一人独处，夜深不寐，得无畏怖耶②？"余曰："仆一生坦直，胸无秽念，何怖之有？"

① 关圣：即关羽。② 得无：岂不，难道没有。

居未几，大雨倾盆，连宵达旦三十余天。时虑银杏折枝，压梁倾屋，赖神默佑，竟得无恙。而外之墙坍屋倒者①，不可胜计，近处田禾俱被漂没②。余则日与僧人作画，不见不闻。

① 坍（tān）：倒塌。② 漂没：被大水冲荡一空。

七月初，天始霁①。揖山尊人号莼芗②，有交易赴崇明③，偕余往，代笔书券得二十金。

① 霁（jì）：雨停天放晴。② 尊人：对他人父亲的尊称。
③ 交易：生意场上的事情。

归，值吾父将安葬，启堂命逢森向余曰："叔因葬事乏用，欲助一二十金。"余拟倾囊与之，揖山不允，分帮其半。余即携青君先至墓所，葬既毕，仍返大悲阁。

九月杪①，揖山有田在东海永泰沙，又偕余往收其息。盘桓两月，归已残冬，移寓其家雪鸿草堂度岁。真异姓骨肉也。

① 杪：指月末。

乙丑七月，琢堂始自都门回籍①。琢堂名韫玉，字执如，琢堂其号也，与余为总角交②。乾隆庚戌殿元③，出为四川重庆守④。白莲教之乱⑤，三年戎马⑥，极著劳绩⑦。

① 都门：京城。籍：原籍，家乡。② 总角交：自幼年便交好的朋友。总角，古代未成年的人把头发扎成髻，形如羊角，故借以指代童年时期。③ 殿元：状元。④ 守：太守的省称。明清以旧称太守来代指知府一职。石韫玉曾任四川重庆知府。⑤ 白莲教之乱：嘉庆初年爆发的白莲教大起义，历时九年，波及川、陕、甘、鄂、豫诸地。重庆亦常有战事。⑥ 戎马：指军旅生涯。⑦ 劳绩：功劳与战绩。

浮生六记

溯流而上

归,相见甚欢,旋于重九日挈眷重赴四川重庆之任①,邀余同往。

① 旋:不久。

余即叩别吾母于九妹倩陆尚吾家①,盖先君故居已属他人矣②。吾母嘱曰:"汝弟不足恃③,汝行须努力。重振家声④,全望汝也!"逢森送余至半途,忽泪落不已,因嘱勿送而返。

① 九妹倩:九妹夫。倩,旧指女婿。② 先君:对已故父亲的称呼。③ 恃:依靠。④ 家声:家族的基业与声望。

舟出京口①,琢堂有旧交王惕夫孝廉在淮扬盐署②,绕道往晤。余与偕往,又得一顾芸娘之墓。返舟,由长江溯流而上,一路游览名胜。

① 京口:江苏镇江。② 孝廉:明清时期对举人的雅称。

至湖北之荆州，得升潼关观察之信①，遂留余与其嗣君敦夫眷属等②，暂寓荆州。琢堂轻骑减从③，至重庆度岁，遂由成都历栈道之任④。

①观察：指清代的道员，又称道台。因相当于唐代的观察使一职，故称。②嗣君：对他人儿子的称呼。③轻骑减从：行装简单，跟随人员少。④之任：上任。

丙寅二月，川眷始由水路往，至樊城登陆。途长费巨，车重人多，毙马折轮①，备尝辛苦。抵潼关甫三月②，琢堂又升山左廉访③。清风两袖，眷属不能偕行，暂借潼川书院作寓。十月秒，始支山左廉访④，专人接眷。附有青君之书，骇悉逢森于四月间夭亡。始忆前之送余堕泪者，盖父子永诀也。呜呼！芸仅一子，不得延其嗣续耶！琢堂闻之，亦为之浩叹，赠余一妾，重入春梦。从此扰扰攘攘，又不知梦醒何时耳。

①折轮：指车子毁坏。②甫：刚刚。③山左：指山东。廉访：即廉访使，明清时期为按察使的别称。④支：支领，领取。

卷四 浪游记快

JUANSI
LANGYOUJIKUAI

余游幕三十年来，天下所未到者，蜀中、黔中与滇南耳①。惜乎轮蹄征逐②，处处随人，山水怡情，云烟过眼，不过领略其大概，不能探僻寻幽也。余凡事喜独出己见，不屑随人是非③。即论诗品画，莫不存人珍我弃、人弃我取之意。故名胜所在，贵乎心得，有名胜而不觉其佳者，有非名胜而自以为妙者，聊以平生所历者记之。

① 蜀中：四川。黔中：贵州。滇南：云南。② 轮蹄：车轮与马蹄，泛指足迹所到之处。③ 随人是非：凡事以别人的评价标准为标准。

余年十五时，吾父稼夫公馆于山阴赵明府幕中①。有赵省斋先生名传者，杭之宿儒也②，赵明府延教其子，吾父命余亦拜投门下。暇日出游③，得至吼山，离城约十余里，不通陆路。山见一石洞，上有片石，横裂欲堕，即从其下荡舟入。

① 山阴：浙江绍兴。明府：明清时期对县令的雅称。
② 宿儒：学问渊深的人。③ 暇日：空闲的时间。

卷四　浪游记快

探幽寻曲

豁然空其中①,四面皆峭壁,俗名之曰"水园"。临流建石阁五椽,对面石壁有"观鱼跃"三字,水深不测。相传有巨鳞潜伏②,余投饵试之,仅见不盈尺者出而唼食焉③。

① 豁然:开阔的样子。② 巨鳞:大鱼。③ 唼(shà):形容鱼吃东西的声音。

阁后有道通旱园,拳石乱矗①,有横阔如掌者,有柱石平其顶而上加大石者,凿痕犹在,一无可取。游览既毕,宴于水阁②,命从者放爆竹,轰然一响,万山齐应,如闻霹雳声。此幼时快游之始。惜乎兰亭、禹陵未能一到,至今以为憾。

① 拳石:小石块。② 水阁:临水的楼阁。

至山阴之明年,先生以亲老不远游,设帐于家①。余遂从至杭,西湖之胜因得畅游。

① 设帐:指招收学生传授学业。典出《后汉书·马融传》:"常坐高堂,施绛纱帐,前授生徒,后列女乐,弟子以次相传,鲜有入其室者。"

卷四　浪游记快

西湖之胜

结构之妙，余以龙井为最①，小有天园次之②。石取天竺之飞来峰③，城隍山之瑞石古洞④。水取玉泉⑤，以水清多鱼，有活泼趣也。大约至不堪者，葛岭之玛瑙寺⑥。其余湖心亭、六一泉诸景⑦，各有妙处，不能尽述，然皆不脱脂粉气，反不如小静室之幽僻，雅近天然。

① 龙井：杭州三大名泉之一，与玉泉、虎跑泉齐名。在西湖西南的风篁岭上。② 小有天园：在杭州城外的南屏山，此名为乾隆皇帝南巡杭州时所赐。③ 天竺：即杭州城西的天竺山，其间有上天竺寺、中天竺寺、下天竺寺。飞来峰：又名灵鹫峰，山体由石灰岩构成。有许多奇幻多变的洞壑。④ 城隍山：即吴山，在浙江杭州西湖东南，钱塘江北岸，山势绵亘起伏，左带钱塘江，右瞰西湖，为杭州名胜。春秋时为吴西界，故名。瑞石古洞：即紫阳洞，在杭州紫阳山上。⑤ 玉泉：西湖名泉，在杭州西湖西北青芝坞口。⑥ 葛岭：在杭州宝石山西，相传葛洪曾在此修道，故名。玛瑙寺：原名玛瑙宝胜院，因玛瑙坡而得名。⑦ 湖心亭：又名振鹭亭，因在西湖中心而得名。六一泉：孤山南部的泉名，苏轼为纪念欧阳修而命名，因欧阳修号六一居士。

卷四　浪游记快

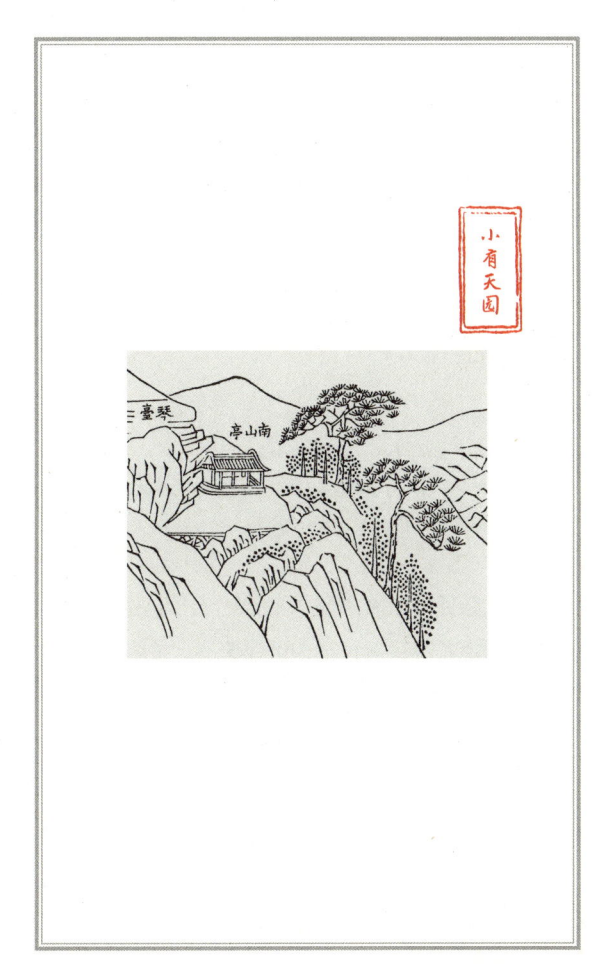

苏小墓在西泠桥侧①,土人指示,初仅半丘黄土而已。乾隆庚子,圣驾南巡②,曾一询及。甲辰春,复举南巡盛典,则苏小墓已石筑其坟,作八角形,上立一碑,大书曰:"钱塘苏小小之墓。"从此吊古骚人不须徘徊探访矣③。余思古来烈魄忠魂堙没不传者④,固不可胜数,即传而不久者亦不为少。小小一名妓耳,自南齐至今,尽人而知之,此殆灵气所钟,为湖山点缀耶?

① 苏小,即苏小小,南朝齐代名妓。西泠桥:西湖旁的桥名,在苏小小墓畔。② 圣驾:指皇帝的车队。③ 徘徊:指往还寻找。④ 堙没:埋没。

桥北数武有崇文书院①。余曾与同学赵缉之投考其中。时值长夏,起极早,出钱塘门,过昭庆寺,上断桥,坐石阑上②。旭日将升,朝霞映于柳外,尽态极妍。白莲香里,清风徐来,令人心骨皆清③。步至书院,题犹未出也。

① 崇文书院:杭州栖霞岭南边的书院名,建立于明代万历年间。② 石阑:石头做的栏杆。③ 清:清爽。

卷四　浪游记快

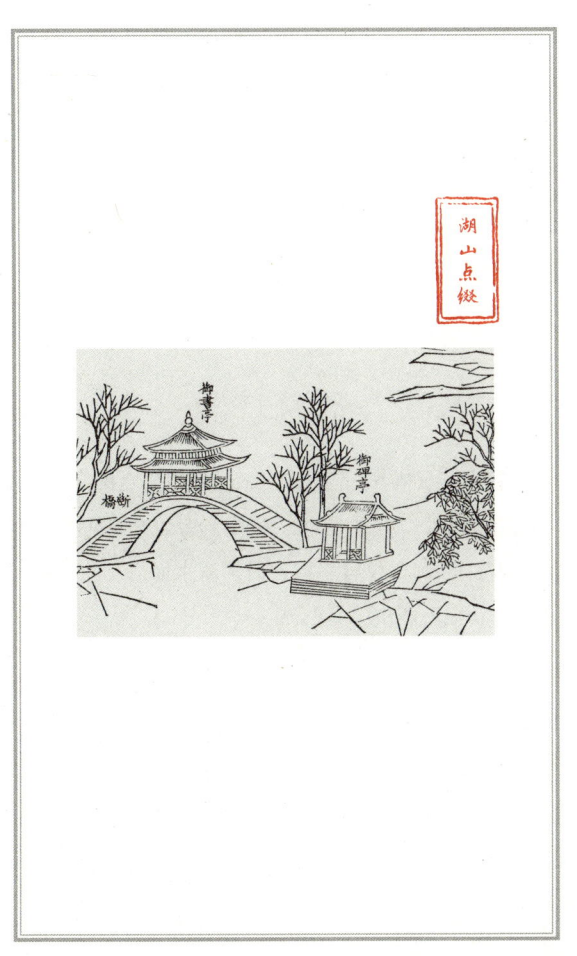

湖山点缀

午后缴卷,偕缉之纳凉于紫云洞,大可容数十人,石窍上透日光。有人设短几矮凳,卖酒于此。解衣小酌,尝鹿脯甚妙,佐以鲜菱雪藕①,微酣②。出洞,缉之曰:"上有朝阳台,颇高旷,盍往一游?"余亦兴发,奋勇登其巅,觉西湖如镜,杭城如丸,钱塘江如带,极目可数百里。此生平第一大观也。坐良久,阳乌将落,相携下山,南屏晚钟动矣。

①雪藕:嫩藕。②微酣:稍有醉意。

韬光、云栖①,路远未到,其红门局之梅花②,姑姑庙之铁树,不过尔尔③。紫阳洞余以为必可观,而访寻得之,洞口仅容一指,涓涓流水而已。相传中有洞天④,恨不能抉门而入⑤。

①韬光:即韬光寺,在西湖灵隐寺北。云栖:即云栖寺,与灵隐、净慈、虎跑、昭庆诸刹齐称杭州五大丛林名刹。相传五彩祥云常飞集并栖留其上,经久不散,故名云栖。②红门局:为朝廷制造文武官服的机构,因大门为红色,故名。③不过尔尔:不过如此。④洞天:神仙居住的地方。⑤抉门:开门,推门。

卷四　浪游记快

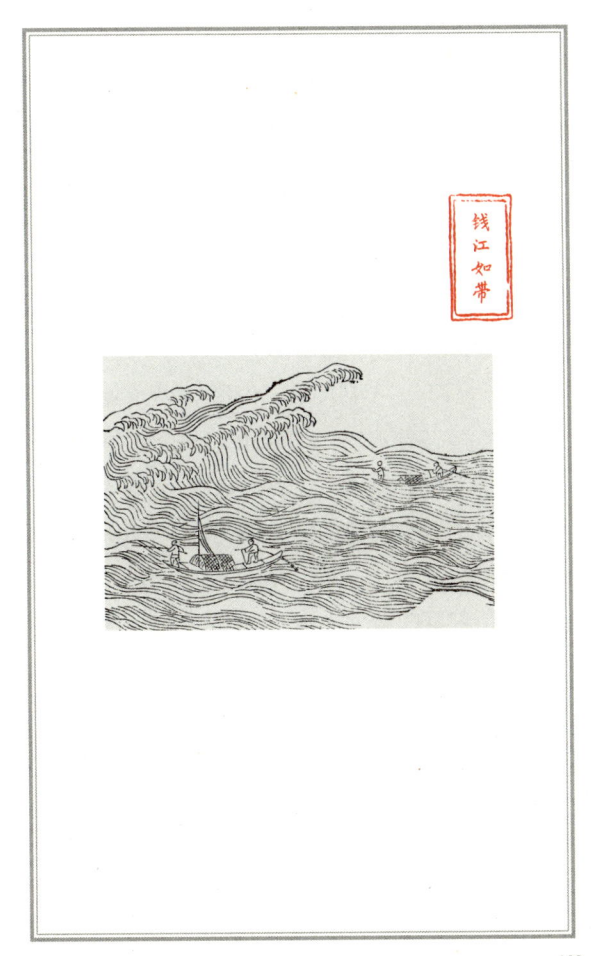

钱江如带

清明日，先生春祭扫墓，挈余同游。墓在东岳，是乡多竹，坟丁①掘未出土之毛笋，形如梨而尖，作羹供客。余甘之，尽其两碗。先生曰："噫！是虽味美而克心血，宜多食肉以解之。"余素不贪屠门之嚼②，至是饭量且因笋而减，归途觉烦躁，唇舌几裂。

① 坟丁：看坟的人。② 屠门之嚼：指吃肉。

过石屋洞①，不甚可观。水乐洞峭壁多藤萝，入洞如斗室②，有泉流甚急，其声琅琅③。池广仅三尺，深五寸许，不溢亦不竭。余俯流就饮，烦躁顿解。洞外二小亭，坐其中可听泉声。衲子请观万年缸④。缸在香积厨⑤，形甚巨，以竹引泉灌其内，听其满溢⑥，年久结苔厚尺许，冬日不冰，故不损也。

① 石屋洞：在杭州烟霞岭，与水乐洞、烟霞洞并称"烟霞三洞"。② 斗室：指非常小的房间。③ 琅琅：声音响亮清脆的样子。④ 衲子：僧人。因其衣服多用碎布连缀而成，故称。⑤ 香积厨：指佛教寺院中的厨房。⑥ 听：任凭，随。

卷四 浪游记快

春祭扫墓

辛丑秋八月,吾父病疟返里①,寒索火,热索冰。余谏不听,竟转伤寒②,病势日重。余侍奉汤药,昼夜不交睫者几一月。吾妇芸娘亦大病,恹恹在床。心境恶劣,莫可名状③。吾父呼余嘱之曰:"我病恐不起,汝守数本书,终非糊口计。我托汝于盟弟蒋思斋,仍继吾业可耳。"越日,思斋来,即于榻前命拜为师。未几,得名医徐观莲先生诊治,父病渐痊。芸亦得徐力起床。而余则从此习幕矣④。此非快事,何记于此?曰:此抛书浪游之始,故记之。

① 疟:疟疾,一种传染病。② 伤寒:因风寒侵入体内引发的一种疾病。③ 莫可名状:不能用言语来形容。
④ 习幕:学习做幕客的知识。

思斋先生名襄,是年冬,即相随习幕于奉贤官舍①。有同习幕者,顾姓名金鉴,字鸿干,号紫霞,亦苏州人也。为人慷慨刚毅,直谅不阿②,长余一岁,呼之为兄。鸿干即毅然呼余为弟,倾心相交。此余第一知交也。惜以二十二岁卒,余即落落寡交③。今年且四十有六矣,茫茫沧海,不知此生再遇知己如鸿干者否。

① 奉贤：上海奉贤。② 直谅：正直而诚信。语出《论语》："友直，友谅，友多闻。"③ 落落：孤独，不合群。

忆与鸿干订交，襟怀高旷，时兴山居之想①。重九日，余与鸿干俱在苏，有前辈王小侠与吾父稼夫公唤女伶演剧②，宴客吾家。余患其扰，先一日约鸿干赴寒山登高③，借访他日结庐之地④。

① 山居：到山中隐居，闲居。② 女伶：女性戏子。③ 寒山：苏州西郊的一座山，位于天平山和支硎山之间。④ 结庐：造房子，定居。

芸为整理小酒榼①。越日，天将晓，鸿干已登门相邀。遂携榼出胥门②，入面肆③，各饱食。渡胥江，步至横塘枣市桥，雇一叶扁舟到山，日犹未午。舟子颇循良④，令其籴米煮饭⑤。

① 酒榼（kē）：古代的贮酒器，可提挈。② 胥门：苏州城门之一。③ 面肆：面馆。④ 循良：善良，守规矩。⑤ 籴（dí）米：买米。

一泓秋水

余两人上岸，先至中峰寺。寺在支硎古刹之南①，循道而上②，寺藏深树，山门寂静，地僻僧闲，见余两人不衫不履③，不甚接待。余等志不在此，未深入。归舟，饭已熟。饭毕，舟子携榼相随，嘱其子守船，由寒山至高义园之白云精舍④。轩临峭壁，下凿小池，围以石栏，一泓秋水⑤，崖悬薜荔⑥，墙积莓苔。坐轩下，惟闻落叶萧萧⑦，悄无人迹。出门有一亭，嘱舟子坐此相候。余两人从石罅中入⑧，名一线天，循级盘旋，直造其巅⑨，曰上白云。有庵已坍颓，存一危楼，仅可远眺。

① 支硎古刹：即支硎寺，位于苏州城外的支硎山上。
② 循道：沿着山路。③ 不衫不履：不穿长衫，不穿鞋子。形容不修边幅的样子。④ 精舍：僧人的修炼场所。
⑤ 泓：深且清冽的水。⑥ 薜荔：又名凉粉子、木莲等，多攀援或匍匐于灌木之上。⑦ 萧萧：形容凄清疏冷的氛围。⑧ 罅（xià）：缝隙。⑨ 造：抵达。

小憩片刻，即相扶而下，舟子曰："登高忘携酒榼矣。"鸿干曰："我等之游，欲觅偕隐地耳，非专为登高也。"

竹篙茆舍

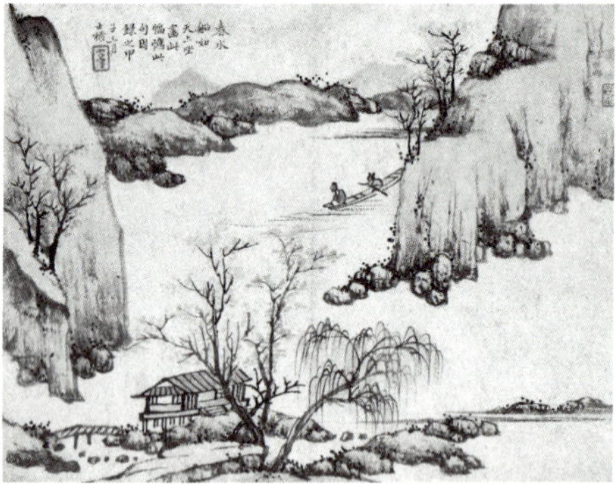

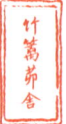

舟子曰："离此南行二三里，有上沙村，多人家，有隙地①。我有表戚范姓居是村，盍往一游？"余喜曰："此明末徐俟斋先生隐居处也②，有园闻极幽雅，从未一游。"于是舟子导往。

① 隙地：空地。② 徐俟斋：明代遗民徐枋，字昭法，号俟斋，江苏苏州人。工诗善画。入清不仕，隐居终老。

村在两山夹道中。园依山而无石，老树多极纡回盘郁之势，亭榭窗栏，尽从朴素。竹篱茅舍①，不愧隐者之居。中有皂荚亭，树大可两抱。余所历园亭，此为第一。园左有山，俗呼鸡笼山。山峰直竖，上加大石，如杭城之瑞石古洞，而不及其玲珑②。旁一青石如榻，鸿干卧其上曰："此处仰观峰岭，俯视园亭，既旷且幽，可以开樽矣。"因拉舟子同饮，或歌或啸，大畅胸怀。土人知余等觅地而来，误以为堪舆③，以某处有好风水相告。鸿干曰："但期合意，不论风水。"（岂意竟成谶语④！）酒瓶既罄，各采野菊，插满两鬓。

① 茅舍：茅草屋。② 玲珑：小巧而精致。③ 堪舆：看风水。④ 谶（chèn）语：有预兆性的言语。

浮生六记

往来其间

归舟，日已将没。更许抵家①，客犹未散。芸私告余曰："女伶中有兰官者，端庄可取。"余假传母命呼之入内，握其腕而睨之，果丰颐白腻②。

①更许：已经入更，通常指一更以后，在晚上七点至九点间。②丰颐：圆润的面庞。

余顾芸曰："美则美矣，终嫌名不称实。"芸曰："肥者有福相。"余曰："马嵬之祸①，玉环之福安在？"芸以他辞遣之出，谓余曰："今日君又大醉耶？"余乃历述所游，芸亦神往者久之。

①马嵬之祸：指安史之乱爆发后，杨玉环在马嵬坡被缢死。

癸卯春，余从思斋先生就维扬之聘①，始见金、焦面目②。金山宜远观，焦山宜近视。惜余往来其间，未尝登眺。

①维扬：江苏扬州。②金、焦：即金山与焦山，镇江城外长江畔的名山。

绿杨城郭

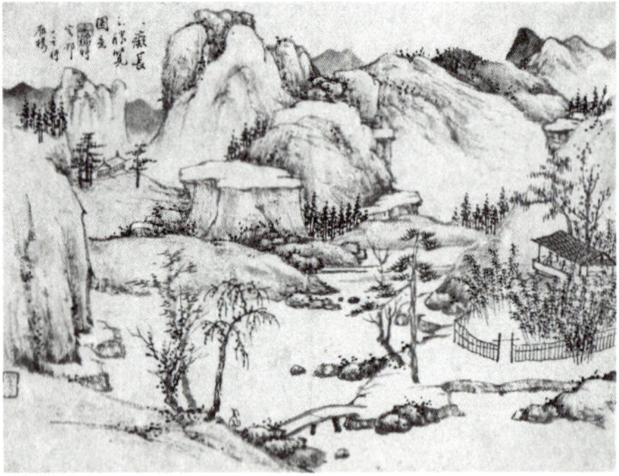

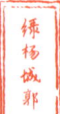

渡江而北，渔洋所谓"绿杨城郭是扬州"一语已活现矣①！平山堂离城约三四里②，行其途有八九里，虽全是人工，而奇思幻想，点缀天然，即阆苑瑶池③、琼楼玉宇④，谅不过此。其妙处在十余家之园亭合而为一，联络至山，气势俱贯。其最难位置处，出城入景，有一里许紧沿城郭。夫城缀于旷远重山间，方可入画，园林有此，蠢笨绝伦。而观其或亭或台，或墙或石，或竹或树，半隐半露间，使游人不觉其触目。此非胸有丘壑者⑤，断难下手。

①渔洋：即清初大诗人王士禛，原名王士禛，字子真，一字贻上，号阮亭，又号渔洋山人，世称王渔洋，谥文简。王士禛任扬州推官时，曾作《浣溪沙·红桥怀古》："北郭清溪一带流，红桥风物眼中秋，绿杨城郭是扬州。　西望雷塘何处是？香魂零落使人愁，淡烟芳草旧迷楼。"②平山堂：欧阳修任扬州知府时所建，在扬州西北的大明寺内。坐此堂上，江南诸山，历历在目，似与堂平，故名。③阆苑：传说中神仙所住的宫苑，泛指仙家园林。瑶池：传说中西王母居住的地方，泛指仙境。④琼楼玉宇：常指月中宫殿。⑤胸有丘壑：指写字作画前已经对事物的布置有了清晰的判断。

松相梅映

城尽，以虹园为首，折而向北，有石梁曰虹桥[1]。不知园以桥名乎？桥以园名乎？荡舟过，曰长堤春柳。此景不缀城脚而缀于此[2]，更见布置之妙。再折而西，垒土立庙，曰小金山。有此一挡，便觉气势紧凑，亦非俗笔。闻此地本沙土，屡筑不成，用木排若干，层叠加土，费数万金乃成。若非商家，乌能如是？

[1] 石梁：指用石头筑造的桥。[2] 城脚：城墙下。

过此有胜概楼，年年观竞渡于此[1]。河面较宽，南北跨一莲花桥，桥门通八面，桥面设五亭，扬人呼为"四盘一暖锅"。此思穷力竭之为，不甚可取。桥南有莲心寺，寺中突起喇嘛白塔，金顶缨络[2]，高矗云霄。殿角红墙，松柏掩映，钟磬时闻[3]。此天下园亭所未有者。过桥见三层高阁，画栋飞檐，五采绚烂，叠以太湖石，围以白石栏，名曰"五云多处"，如作文中间之大结构也。

[1] 竞渡：特指每年端午的龙舟比赛。[2] 缨珞：由珠玉串成的装饰品。[3] 钟磬：指钟声和磬声。

豁然开朗

过此名"蜀冈朝旭",平坦无奇,且属附会①。将及山,河面渐束②,堆土植竹树,作四五曲。似已山穷水尽,而忽豁然开朗,平山之万松林已列于前矣。"平山堂"为欧阳文忠公所书③。所谓淮东第五泉,真者在假山石洞中,不过一井耳,味与天泉同。其荷亭中之六孔铁井栏者,乃系假设,水不堪饮。

①附会:把没有关系的事物说成有关系。②束:指水面变窄。③欧阳文忠:即北宋政治家、文学家欧阳修,因其谥号文忠,故称。

九峰园另在南门幽静处,别饶天趣,余以为诸园之冠。康山未到①,不识如何。此皆言其大概,其工巧处、精美处,不能尽述。大约宜以艳妆美人目之,不可作浣纱溪上观也②。余适恭逢南巡盛典,各工告竣,敬演接驾点缀,因得畅其大观,亦人生难遇者也。

①康山:即康山草堂,为当时扬州盐商江春的宅院。
②浣纱溪上:指西施。这里是说上述景致不能和自然之美人西施相比。

争奇夺胜

卷四 浪游记快

甲辰之春,余随侍吾父于吴江何明府幕中,与山阴章蘋江、武林章映牧、苕溪顾霭泉诸公同事①,恭办南斗圩行宫②,得第二次瞻仰天颜③。一日,天将晚矣,忽动归兴。有办差小快船,双橹两桨,于太湖飞棹疾驰,吴俗呼为"出水蝥头",转瞬已至吴门桥。即跨鹤腾空,无此神爽。抵家,晚餐未熟也。

① 苕溪:浙江湖州。② 行宫:古代帝王出行时居住的宫室。③ 天颜:皇帝的面容。

吾乡素尚繁华,至此日之争奇夺胜,较昔尤奢。灯彩眩眸,笙歌聒耳,古人所谓"画栋雕甍""珠帘绣幕""玉栏干""锦步障",不啻过之①。

① 不啻(chì):不止。

余为友人东拉西扯,助其插花结彩,闲则呼朋引类,剧饮狂歌①,畅怀游览,少年豪兴,不倦不疲。苟生于盛世而仍居僻壤,安得此游观哉?

① 剧饮:大量地、快意地饮酒。

溪溪平波

是年，何明府因事被议①，吾父即就海宁王明府之聘。嘉兴有刘蕙阶者，长斋佞佛②，来拜吾父。其家在烟雨楼侧，一阁临河，曰水月居，其诵经处也，洁静如僧舍。烟雨楼在镜湖之中，四岸皆绿杨，惜无多竹。有平台可远眺，渔舟星列③，漠漠平波④，似宜月夜。衲子备素斋甚佳。

① 议：指被弹劾罢官。② 长斋：信佛的人长年吃素。佞佛：极度信仰佛教。③ 星列：像星星那样密集地排列。④ 漠漠：广阔浩瀚的样子。

至海宁，与白门史心月、山阴俞午桥同事①。心月一子名烛衡，澄静缄默，彬彬儒雅②，与余莫逆③。此生平第二知心交也。惜萍水相逢，聚首无多日耳。游陈氏安澜园④，地占百亩，重楼复阁，夹道回廊。池甚广，桥作六曲形。

① 白门：江苏南京。② 彬彬：形容人的行为文雅有礼。③ 莫逆：指两人意气相投，极为交好。典出《庄子》："四人相视而笑，莫逆于心，遂相与为友。"④ 安澜园：在海宁盐官。为陈氏别墅，当地俗称为陈园。乾隆南巡，驻跸于此，赐名"安澜园"。

古木千章

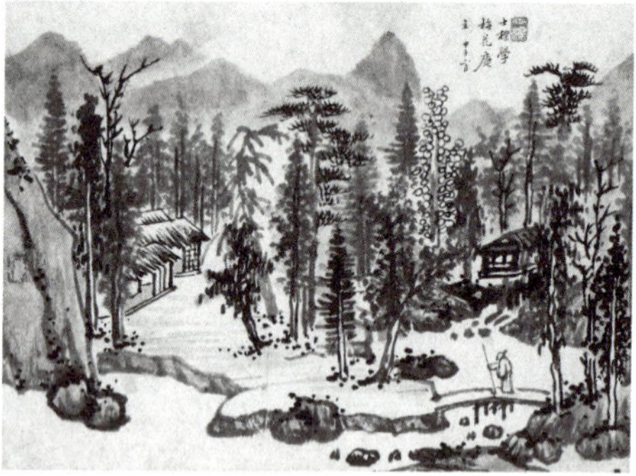

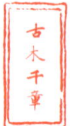

石满藤萝,凿痕全掩。古木千章①,皆有参天之势。鸟啼花落,如入深山。此人工而归于天然者。余所历平地之假石园亭,此为第一。曾于桂花楼中张宴②,诸味尽为花气所夺,惟酱姜味不变。姜、桂之性,老而愈辣,以喻忠节之臣,洵不虚也③。

① 章:株。② 张宴:摆开宴席。③ 洵:确实。

出南门即大海,一日两潮,如万丈银堤,破海而过。船有迎潮者,潮至,反棹相向,于船头设一木招①,状如长柄大刀,招一捺,潮即分破,船即随招而入。俄顷始浮起,拨转船头随潮而去,顷刻百里。

① 招:旗帜。

池上有塔院,中秋夜曾随吾父观潮于此。循塘东约三十里,名尖山①,一峰突起,扑入海中。山顶有阁,匾曰"海阔天空",一望无际,但见怒涛接天而已。

① 尖山:在海宁黄湾,是观潮胜地。

山高月小

余年二十有五，应徽州绩溪克明府之召①，由武林下"江山船"②，过富春山，登子陵钓台③。台在山腰，一峰突起，离水十余丈。岂汉时之水竟与峰齐耶？月夜泊界口，有巡检署④，"山高月小，水落石出"⑤，此景宛然。黄山仅见其脚，惜未一瞻面目。绩溪城处于万山之中，弹丸小邑⑥，民情淳朴。近城有石镜山，由山弯中曲折一里许，悬崖急湍⑦，湿翠欲滴。渐高至山腰，有一方石亭，四面皆陡壁。亭左石削如屏，青色光润，可鉴人形，俗传能照前生。黄巢至此⑧，照为猿猴形，纵火焚之，故不复现。

① 徽州：安徽黄山。绩溪：安徽绩溪。② 江山船：亦称"江山九姓船"，多往来于钱塘江上。相传元末陈友谅兵败后，其部属九姓逃至浙东，以捕鱼为业，不与他姓通婚。其船号称"江山船"，也称"九姓渔船"。后亦以此船装载客货，往来于杭州、衢州、金华之间，遂用作浙东游船的通称。③ 子陵钓台：传说东汉隐士严子陵钓鱼处。④ 巡检署：负责地方治安的机构。⑤ 山高月小，水落石出：出自苏轼的《后赤壁赋》。⑥ 弹丸：比喻地方狭小。邑：城镇。⑦ 湍：水流很急的溪流。⑧ 黄巢：唐末农民起义领袖。

离城十里有火云洞天，石纹盘结，凹凸巉岩，如黄鹤山樵笔意①，而杂乱无章，洞石皆深绛色②。旁有一庵甚幽静，盐商程虚谷曾招游设宴于此。席中有肉馒头，小沙弥眈眈旁视③，授以四枚，临行以番银二圆为酬，山僧不识，推不受。告以一枚可易青钱七百余文④，僧以近无易处，仍不受。乃攒凑青蚨六百文付之⑤，始欣然作谢。

① 黄鹤山樵：元明时期的大画家王蒙，字叔明，号黄鹤山樵，浙江湖州人。善画山水。② 深绛色：深红色。
③ 沙弥：指尚未成年的信奉佛教的出家男子。眈眈：形容注视的样子，含有急切意。④ 青钱：即青铜钱。
⑤ 攒凑：几人一起凑齐。

他日，余邀同人携榼再往，老僧嘱曰："曩者小徒不知食何物而腹泻，今勿再与。"可知藜藿之腹①，不受肉味，良可叹也。余谓同人曰："作和尚者，必居此等僻地，终身不见不闻，或可修真养静。若吾乡之虎丘山，终日目所见者妖童艳妓②，耳所听者弦索笙歌，鼻所闻者佳肴美酒，安得身如枯木、心如死灰哉？"

① 藜藿：两种野菜名，泛指素菜。② 妖童：美貌男子，指男色。

又去城三十里，名曰仁里①，有花果会，十二年一举，每举各出盆花为赛。余在绩溪适逢其会，欣然欲往，苦无轿马，乃教以断竹为杠，缚椅为轿，雇人肩之而去，同游者惟同事许策廷，见者无不讶笑。

① 仁里：位于绩溪境内，是徽杭古道重镇。

至其地，有庙，不知供何神。庙前旷处高搭戏台，画梁方柱，极其巍焕①，近视则纸扎彩画，抹以油漆者。锣声忽至，四人抬对烛大如断柱，八人抬一猪大若牯牛②，盖公养十二年，始宰以献神。策廷笑曰："猪固寿长，神亦齿利。我若为神，乌能享此？"余曰："亦足见其愚诚也。"入庙，殿廊轩院所设花果盆玩，并不剪枝拗节，尽以苍老古怪为佳，大半皆黄山松。既而开场演剧，人如潮涌而至，余与策廷遂避去。

① 巍焕：巍峨高大而壮丽。② 牯（gǔ）牛：公牛。

浮生六记

热闹场中

未两载,余与同事不合,拂衣归里①。

① 拂衣:挥动衣袖,表示意见不合而情绪激烈。

余自绩溪之游,见热闹场中卑鄙之状不堪入目①,因易儒为贾②。

① 热闹场:名利场,此处特指官场。② 贾:商人。

余有姑丈袁万九,在盘溪之仙人塘作酿酒生涯①,余与施心耕附资合伙。袁酒本海贩,不一载,值台湾林爽文之乱②,海道阻隔,货积本折③,不得已仍为冯妇④。馆江北四年,一无快游可记。

① 盘溪:在浙江南部的缙云。② 林爽文:福建平和人,乾隆五十一年(1786)在台湾发动反清起义,声势浩大,后被镇压。③ 折(shé):亏损。④ 冯妇:指重操旧业。有自嘲意。典出《孟子》:"晋人有冯妇者,善搏虎,卒为善士;则之野,有众逐虎,虎负嵎,莫之敢撄;望见冯妇,趋而迎之,冯妇攘臂下车,众皆悦之。其为士者笑之。"

浮生六记

烟火神仙

迨居萧爽楼，正作烟火神仙①。有表妹倩徐秀峰自粤东归，见余闲居，慨然曰②："足下待露而爨，笔耕而炊，终非久计，盍偕我作岭南游？当不仅获蝇头利也③。"

① 烟火神仙：指平凡生活的快活人。② 慨然：形容感情激昂的样子。③ 蝇头利：指小利、微利。语出苏轼《满庭芳》："蜗角虚名，蝇头微利。"

芸亦劝余曰："乘此老亲尚健，子尚壮年，与其商柴计米而寻欢，不如一劳而永逸。"余乃商诸交游者，集资作本。芸亦自办绣货及岭南所无之苏酒、醉蟹等物①。禀知堂上，于小春十日②，偕秀峰由东坝出芜湖口③。长江初历，大畅襟怀。每晚舟泊后，必小酌船头。见捕鱼者罾幂不满三尺④，孔大约有四寸，铁箍四角，似取易沉。

① 醉蟹：一种用活蟹及酒等原料调和而制成的风味小吃。② 小春：农历十月。③ 东坝：位于江苏南京高淳。④ 罾幂（zēng mì）：渔网。

乘风径过

余笑曰："圣人之教,虽曰'罟不用数'①,而如此之大孔小罾,焉能有获?"秀峰曰:"此专为鳊鱼设也②。"见其系以长绠③,忽起忽落,似探鱼之有无。未几,急挽出水,已有鳊鱼枷罾孔而起矣。余始喟然曰:"可知一己之见,未可测其奥妙。"

①罟(gǔ):渔网。数:细密。语出《孟子》:"数罟不入洿池,鱼鳖不可胜食也。"②鳊鱼:鲂鱼。③绠:汲水用的绳子。

一日,见江心中一峰突起,四无依倚。秀峰曰:"此小孤山也①。"霜林中,殿阁参差。乘风径过,惜未一游。至滕王阁②,犹吾苏府学之尊经阁移于胥门之大马头③,王子安序中所云不足信也④。

①小孤山:又名小姑山、髻山等,在安徽宿松东南的长江中。②滕王阁:三大名楼之一,位于江西南昌赣江边。③苏府学:苏州的府学机构。尊经阁:各地学校前建立的祭祀孔子并有藏书功能的建筑。尊经阁各处都有,形制类同,以此比拟滕王阁,可见作者对滕王阁的态度。④王子安序:即王勃的《滕王阁序》。王勃,字子安。

石窍玲珑

即于阁下换高尾昂首船,名三板子,由赣关至南安登陆①。值余三十诞辰,秀峰备面为寿。越日,过大庾岭②,山巅一亭,匾曰"举头日近",言其高也。山头分为二,两边峭壁,中留一道如石巷。口列两碑③,一曰"急流勇退",一曰"得意不可再往"。山顶有梅将军祠,未考为何朝人。所谓岭上梅花,并无一树,意者以梅将军得名梅岭耶④?余所带送礼盆梅,至此将交腊月,已花落而叶黄矣。

① 赣关:江西赣州,因当地有征收过往商税的关口,故称。南安:即明清时期的南安府,在江西大余、上犹一带。② 大庾岭:五岭之一,在江西、广东交界处,是从赣入粤的必经之路。③ 口:入口处。④ 意:推测。

过岭出口,山川风物便觉顿殊。岭西一山,石窍玲珑,已忘其名,舆夫曰①:"中有仙人床榻。"匆匆竟过,以未得游为怅②。至南雄③,雇老龙船④,过佛山镇,见人家墙顶多列盆花,叶如冬青,花如牡丹,有大红、粉白、粉红三种,盖山茶花也。

① 舆夫:轿夫。② 怅:惆怅。③ 南雄:广东南雄。④ 老龙船:广东特色小船,形体似龙。

神情迥异

腊月望，始抵省城①，寓靖海门内，赁王姓临街楼屋三椽。秀峰货物皆销与当道②，余亦随其开单拜客，即有配礼者络绎取货，不旬日而余物已尽③。

① 省城：即广东广州。② 当道：掌握权力的人或机构。
③ 旬日：十天，常指极短的时间。

除夕蚊声如雷。岁朝贺节①，有棉袍、纱套者。不惟气候迥别，即土著人物同一五官，而神情迥异。

① 岁朝：农历正月初一。贺节：指恭贺新年。

正月既望①，有署中同乡三友拉余游河观妓，名曰"打水围"，妓名"老举"。于是同出靖海门，下小艇（如剖分之半蛋而加篷焉），先至沙面②。妓船名"花艇"，皆对头分排，中留水巷以通小艇往来。每帮约一二十号，横木绑定，以防海风。两船之间，钉以木桩，套以藤圈，以便随潮长落③。

① 既望：指农历每月十六。② 沙面：地名，位于广州荔湾。③ 长（zhǎng）：升高。

登艇

鸨儿呼为"梳头婆"①,头用银丝为架,高约四寸许,空其中而蟠发于外②,以长耳挖插一朵花于鬓③,身披元青短袄④,着元青长裤,管拖脚背,腰束汗巾,或红或绿,赤足撒鞋,式如梨园旦脚⑤。

> ① 鸨(bǎo)儿:即老鸨。经营妓院以谋利的女人。② 蟠:盘曲,盘结。③ 长耳挖:即长耳挖簪,女性头饰,兼有挖耳之用。④ 元青:即玄青,深青色。⑤ 旦脚:即旦角,戏剧中饰演女性的角色。

登其艇,即躬身笑迎①,搴帏入舱②。旁列椅杌③,中设大炕,一门通艄后。妇呼有客,即闻履声杂沓而出④,有挽髻者,有盘辫者,傅粉如粉墙,搽脂如榴火⑤,或红袄绿裤,或绿袄红裤,有着短袜而撮绣花蝴蝶履者,有赤足而套银脚镯者,或蹲于炕,或倚于门,双瞳闪闪,一言不发。

> ① 躬身:弯着身子。② 搴(qiān)帏:掀起帘子。
> ③ 杌(wù):凳子。④ 杂沓:杂乱,纷乱。⑤ 榴火:指如石榴花般的火红色。

余顾秀峰曰:"此何为者也?"秀峰曰:"目成之后①,招之始相就耳。"余试招之,果即欢容至前②,袖出槟榔为敬③。入口大嚼,涩不可耐,急吐之,以纸擦唇,其吐如血。合艇皆大笑。

① 目成:眉来眼去,以目传情。② 欢容:笑容满面。
③ 槟榔:槟榔树的果实,气味香辛,略咸,岭南一带喜嚼食此物。

又到军工厂,妆束亦相等,惟长幼皆能琵琶而已。与之言,对曰"嘜"。"嘜"者,"何"也。余曰:"少不入广者,以其销魂耳①。若此野妆蛮语,谁为动心哉?"一友曰:"潮帮妆束如仙②,可往一游。"至其帮,排舟亦如沙面。有著名鸨儿素娘者,妆束如花鼓妇。其粉头衣皆长领③,颈套项锁,前发齐眉,后发垂肩,中挽一鬏似丫髻④,裹足者着裙⑤,不裹足者短袜,亦着蝴蝶履,长拖裤管,语音可辨。而余终嫌为异服,兴趣索然。

① 销魂:指过于迷恋享乐而不思进取。② 潮帮:此处指来自广东潮汕地区的妓女。③ 粉头:妓女。
④ 鬏(jiū):头发盘成的结。⑤ 裹足:缠足。

能琵琶而已

秀峰曰："靖海门对渡有扬帮，皆吴妆。君往，必有合意者。"一友曰："所谓扬帮者，仅一鸨儿，呼曰邵寡妇，携一媳曰大姑，系来自扬州。余皆湖广、江西人也。"因至扬帮。对面两排仅十余艇，其中人物皆云鬟雾鬓，脂粉薄施，阔袖长裙，语音了了，所谓邵寡妇者，殷勤相接。遂有一友另唤酒船，大者曰"恒舻"，小者曰"沙姑艇"，作东道相邀①，请余择妓。

① 东道：招待别人的人。

余择一雏年者①，身材状貌有类余妇芸娘，而足极尖细，名喜儿。秀峰唤一妓名翠姑。余皆各有旧交。放艇中流，开怀畅饮。至更许，余恐不能自持②，坚欲回寓，而城已下钥久矣③。盖海疆之城，日落即闭，余不知也。

① 雏年：幼年。② 自持：自我控制。③ 下钥：指城门关闭。

卷四 浪游记快

及终席，有卧而吃鸦片烟者，有拥妓而调笑者，伻头各送衾枕至①，行将连床开铺。余暗询喜儿："汝本艇可卧否？"对曰："有寮可居，未知有客否也。"（寮者，船顶之楼。）余曰："姑往探之。"招小艇渡至邵船，但见合帮灯火相对如长廊，寮适无客。鸨儿笑迎曰："我知今日贵客来，故留寮以相待也。"余笑曰："姥真荷叶下仙人哉②！"遂有伻头移烛相引，由舱后梯而登。

① 伻（bēng）头：仆人。② 荷叶下仙人：即传说中的何仙姑。

宛如斗室，旁一长榻，几案俱备。揭帘再进，即在头舱之顶，床亦旁设，中间方窗嵌以玻璃，不火而光满一室，盖对船之灯光也。衾帐镜奁，颇极华美。

喜儿曰："从台可以望月。"即在梯门之上叠开一窗，蛇行而出①，即后梢之顶也。三面皆设短栏，一轮明月，水阔天空。纵横如乱叶浮水者，酒船也；闪烁如繁星列天者，酒船之灯也。更有小艇梭织往来②，笙歌弦索之声，杂以长潮之沸，令人情为之移。余曰：

"少不入广,当在斯矣!"惜余妇芸娘不能偕游至此,回顾喜儿,月下依稀相似,因挽之下台,息烛而卧。天将晓,秀峰等已哄然至,余披衣起迎,皆责以昨晚之逃。余曰:"无他,恐公等掀衾揭帐耳!"遂同归寓。

① 蛇行:伏地爬行。② 梭织:穿梭往来。

越数日,偕秀峰游海珠寺①。寺在水中,围墙若城,四周离水五尺许,有洞,设大炮以防海寇。潮长潮落,随水浮沉,不觉炮门之或高或下,亦物理之不可测者②。十三洋行在幽兰门之西③,结构与洋画同。对渡名花地④,花木甚繁,广州卖花处也。余自以为无花不识,至此仅识十之六七,询其名,有《群芳谱》所未载者⑤,或土音之不同欤⑥?

① 海珠寺:又名慈度寺,原在海珠岛上,故名。后岛与陆地连为一体。② 物理:事物的道理、规律。③ 十三洋行:清代官方特许在广州设立的对外贸易机构。幽兰门:又名油栏门,在广州海珠南路。④ 花地:即广州花地湾。⑤《群芳谱》:明代王象晋编纂,记载各类植物四百余种。⑥ 土音:方言。

海幢寺规模极大[1],山门内植榕树,大可十余抱,阴浓如盖,秋冬不凋。柱槛窗栏,皆以铁梨木为之。有菩提树[2],其叶似柿,浸水去皮肉,筋细如蝉翼纱,可裱小册写经。

[1] 海幢寺:明末清初建,为广州名刹。[2] 菩提树:原产于印度的观赏性植物,终岁不凋,相传为佛教圣树。

归途访喜儿于花艇,适翠、喜二妓俱无客。茶罢欲行,挽留再三。余所属意在寮,而其媳大姑已有酒客在上,因谓邵鹤儿曰:"若可同往寓中,则不妨一叙。"邵曰:"可。"秀峰先归,嘱从者整理酒肴。

余携翠、喜至寓。正谈笑间,适郡署王懋老不期而来[1],挽之同饮。酒将沾唇,忽闻楼下人声嘈杂,似有上楼之势。盖房东一侄素无赖,知余招妓,故引人图诈耳。秀峰怨曰:"此皆三白一时高兴,不合我亦从之[2]。"余曰:"事已至此,应速思退兵之计,非斗口时也。"懋老曰:"我当先下说之。"

[1] 郡署:清代知府衙门别称。不期:没有约定。[2] 不合:不应该。

余即唤仆速雇两轿，先脱两妓①，再图出城之策。闻懋老说之不退，亦不上楼。两轿已备，余仆手足颇捷，令其向前开路，秀峰挽翠姑继之，余挽喜儿于后，一哄而上。秀峰、翠姑得仆力，已出门去，喜儿为横手所拿②，余急起腿，中其臂，手一松而喜儿脱去，余亦乘势脱身出。

①脱：脱离，走开。这里指让两妓先走。②横手：指蛮横无理的手。

余仆犹守于门，以防追抢。急问之曰："见喜儿否？"仆曰："翠姑已乘轿去，喜儿但见其出，未见其乘轿也。"余急燃炬①，见空轿犹在路旁。急追至靖海门，见秀峰侍翠轿而立，又问之，对曰："或应投东，而反奔西矣。"急反身，过寓十余家，闻暗处有唤余者，烛之②，喜儿也。遂纳之轿，肩而行。秀峰亦奔至，曰："幽兰门有水窦可出③，已托人贿之启钥④。翠姑去矣，喜儿速往！"余曰："君速回寓退兵，翠、喜交我！"

①燃炬：点灯。②烛：借着烛光去看。③窦：洞。④启钥：开门。

卷四 浪游记快

出城之兆

至水窦边,果已启钥,翠先在。余遂左掖喜①,右挽翠,折腰鹤步,跟跄出窦。天适微雨,路滑如油,至河干②,沙面笙歌正盛。小艇有识翠姑者,招呼登舟。始见喜儿首如飞蓬③,钗环俱无有。余曰:"被抢去耶?"喜儿笑曰:"闻此皆赤金④,阿母物也。妾于下楼时已除去,藏于囊中。若被抢去,累君赔偿耶。"

① 掖(yè):用手扶着别人的胳膊。② 河干:河岸。
③ 首如飞蓬:形容头发散乱像蓬草一般。语出《诗经》:"自伯之东,首如飞蓬。"④ 赤金:纯正的黄金。

余闻言,心甚德之,令其重整钗环,勿告阿母,托言寓所人杂,故仍归舟耳。翠姑如言告母,并曰:"酒菜已饱,备粥可也。"

时寮上酒客已去,邵鸨儿命翠亦陪余登寮。见两对绣鞋,泥污已透。三人共粥,聊以充饥。剪烛絮谈①,始悉翠籍湖南,喜亦豫产②,本姓欧阳,父亡母醮③,为恶叔所卖。

① 絮谈:闲聊。② 豫:河南的简称。③ 醮:指改嫁。

卷四 浪游记快

招呼艍舟

翠姑告以迎新送旧之苦：心不欢必强笑，酒不胜必强饮，身不快必强陪，喉不爽必强歌。更有乖张其性者①，稍不合意，即掷酒翻案，大声辱骂。假母不察②，反言接待不周。又有恶客彻夜蹂躏③，不堪其扰。喜儿年轻初到，母犹惜之。不觉泪随言落。喜儿亦嘿然涕泣④。余乃挽喜入怀，抚慰之。嘱翠姑卧于外榻，盖因秀峰交也。

① 乖张：指性格异常。② 假母：指妓院的老鸨。③ 蹂躏（róu lìn）：践踏。比喻欺压、侵凌。④ 嘿然：沉默。

自此或十日，或五日，必遣人来招，喜或自放小艇，亲至河干迎接。余每去必偕秀峰，不邀客，不另放艇。一夕之欢，番银四圆而已。秀峰今翠明红，俗谓之跳槽，甚至一招两妓。余则惟喜儿一人，偶然独往，或小酌于平台，或清谈于寮内，不令唱歌，不强多饮，温存体恤，一艇怡然。邻妓皆羡之。有空闲无客者，知余在寮，必来相访。合帮之妓无一不识，每上其艇，呼余声不绝。余亦左顾右盼，应接不暇。此虽挥霍万金所不能致者。

卷四 浪游记快

偶然独往

余四月在彼处，共费百余金，得尝荔枝鲜果，亦平生快事。后鸨儿欲索五百金强余纳喜①，余患其扰，遂图归计。秀峰迷恋于此，因劝其购一妾，仍由原路返吴。明年，秀峰再往，吾父不准偕游，遂就青浦杨明府之聘。及秀峰归，述及喜儿因余不往，几寻短见。噫！"半年一觉扬帮梦，赢得花船薄幸名"矣②！

① 纳：娶妾。② "半年一觉"句：化用杜牧《遣怀》："十年一觉扬州梦，赢得青楼薄幸名。"

余自粤东归来，馆青浦两载，无快游可述。未几，芸、憨相遇，物议沸腾，芸以激愤致病。余与程墨安设一书画铺于家门之侧，聊佐汤药之需。

中秋后二日，有吴云客偕毛忆香、王星烂邀余游西山小静室①，余适腕底无闲②，嘱其先往。吴曰："子能出城，明午当在山前水踏桥之来鹤庵相候。"余诺之。

① 西山：山名，太湖中的第一大岛。② 腕底无闲：指忙于作画生意。

卷四　浪游记快

物议沸腾

越日,留程守铺,余独步出阊门①,至山前,过水踏桥,循田塍而西②。见一庵南向,门带清流,剥啄问之③,应曰:"客何来?"余告之。笑曰:"此'得云'也,客不见匾额乎?'来鹤'已过矣!"余曰:"自桥至此,未见有庵。"其人回指曰:"客不见土墙中森森多竹者④,即是也。"

① 阊门:苏州城西门。② 田塍(chéng):田埂,田间的小路。③ 剥啄:敲门。④ 森森:茂密的样子。

余乃返至墙下。小门深闭,门隙窥之,短篱曲径,绿竹猗猗①,寂不闻人语声,叩之亦无应者。一人过,曰:"墙穴有石,敲门具也。"余试连击,果有小沙弥出应。余即循径入,过小石桥,向西一折,始见山门,悬黑漆额,粉书"来鹤"二字,后有长跋②,不暇细观。入门经韦陀殿③,上下光洁,纤尘不染,知为小静室。

① 猗猗:茂盛繁密的样子。语出《诗经》:"瞻彼淇奥,绿竹猗猗。"② 跋:题在书画作品边上的文字。③ 韦陀:佛教护法神之一。

卷四 浪游记快

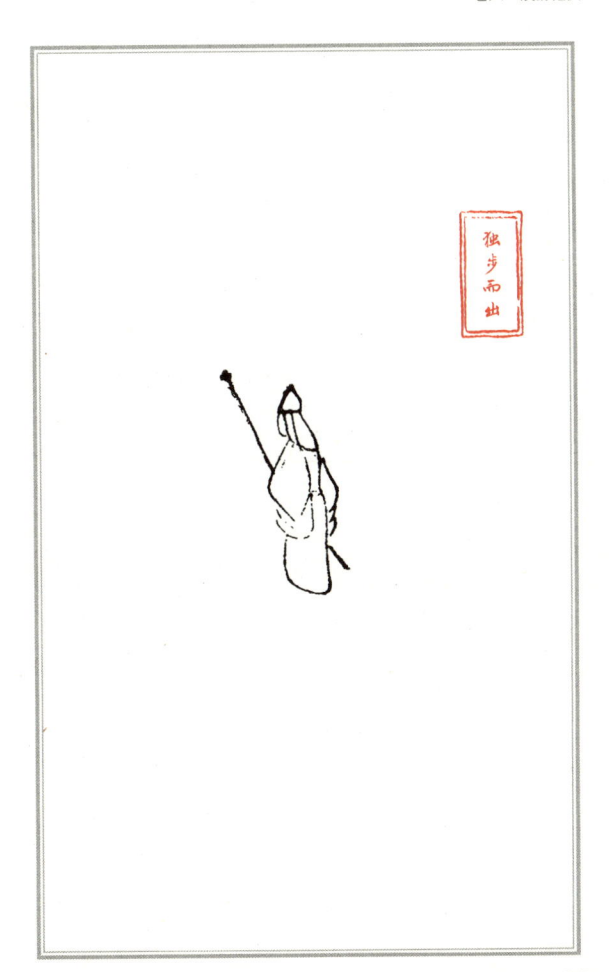

独步而出

忽见左廊又一小沙弥奉壶出，余大声呼问，即闻室内星烂笑曰："何如？我谓三白决不失信也！"旋见云客出迎，曰："候君早膳①，何来之迟？"一僧继其后，向余稽首②，问知为竹逸和尚。入其室，仅小屋三椽，额曰"桂轩"，庭中双桂盛开。星烂、忆香群起嚷曰："来迟罚三杯！"席上荤素精洁，酒则黄白俱备。余问曰："公等游几处矣？"云客曰："昨来已晚，今晨仅到得云、河亭耳。"欢饮良久。

① 早膳（shàn）：吃早饭。② 稽首：出家人所行的一种常礼，一般在见面时用。

饭毕，仍自得云、河亭共游八九处，至华山而止①。各有佳处，不能尽述。华山之顶有莲花峰，以时欲暮，期以后游。桂花之盛，至此为最。就花下饮清茗一瓯，即乘山舆②，径回来鹤。

① 华山：苏州附近的山名，在支硎山以西。② 山舆：用于走山路的轿子。

桂轩之东，另有临洁小阁，已杯盘罗列。竹逸寡言静坐，而好客善饮。始则折桂催花，继则每人一令，二鼓始罢。余曰："今夜月色甚佳，即此酣卧，未免有负清光①。何处得高旷地，一玩月色，庶不虚此良夜也。"竹逸曰："放鹤亭可登也。"云客曰："星烂抱得琴来，未闻绝调②，到彼一弹，何如？"乃偕往。

① 清光：皎洁的月光。② 绝调：绝妙的琴声。

但见木犀香里，一路霜林，月下长空，万籁俱寂。星烂弹《梅花三弄》，飘飘欲仙。忆香亦兴发，袖出铁笛，呜呜而吹之。云客曰："今夜石湖看月者，谁能如吾辈之乐哉？"盖吾苏八月十八日石湖行春桥下有看串月胜会①，游船排挤，彻夜笙歌，名虽看月，实则挟妓哄饮而已。未几，月落霜寒，兴阑归卧②。

① 串月：苏州石湖桥下月影成串的奇观。桥有五十三个洞，月光映水，正对环洞，一环一月，连络成串，称为串月。当地旧俗于中秋节后三日，登山观月，称为看串月。② 兴阑：兴尽。

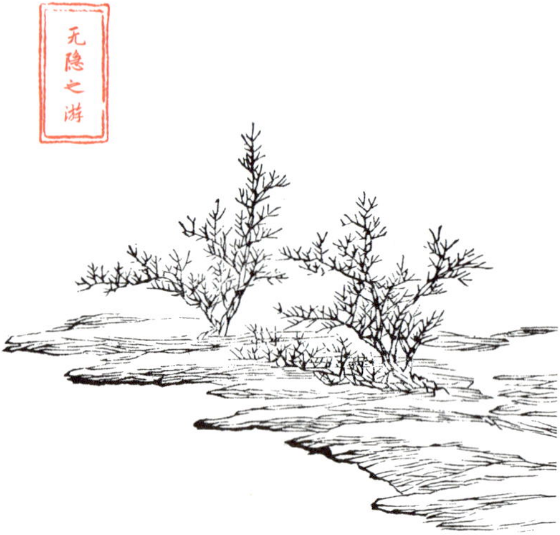
无隐之游

明晨，云客谓众曰："此地有无隐庵①，极幽僻，君等有到过者否？"咸对曰："无论未到②，并未尝闻也。"竹逸曰："无隐四面皆山，其地甚僻，僧不能久居。向年曾一至③，已坍废。自尺木彭居士重修后④，未尝往焉，今犹依稀识之。如欲往游，请为前导。"忆香曰："枵腹去耶？"竹逸笑曰："已备素面矣，再令道人携酒盒相从也⑤。"面毕，步行而往。

① 无隐庵：在天平山中。② 无论：不用说。③ 向年：以前。④ 尺木彭居士：彭绍升，字允初，号尺木，江苏苏州人。崇奉佛教。⑤ 道人：这里指佛寺中打杂的人。

过高义园，云客欲往白云精舍，入门就坐。一僧徐步出，向云客拱手曰："违教两月①，城中有何新闻？抚军在辕否②？"忆香忽起曰："秃！"拂袖径出。余与星烂忍笑随之，云客、竹逸酬答数语，亦辞出。

① 违教：没有聆听教诲，谦辞，指没有见面。② 抚军：清代对巡抚的别称。辕：衙门。

223

浮生六记

一轩面壁

高义园即范文正公墓[1],白云精舍在其旁。一轩面壁,上悬藤萝,下凿一潭,广丈许,一泓清碧,有金鳞游泳其中[2],名曰钵盂泉。竹炉茶灶,位置极幽。轩后于万绿丛中,可瞰范园之概。惜衲子俗[3],不堪久坐耳。是时由上沙村过鸡笼山,即余与鸿干登高处也。风物依然,鸿干已死,不胜今昔之感。

[1] 范文正公:北宋政治家、文学家范仲淹,字希文,江苏苏州人。因其谥号文正,故称。[2] 金鳞:金鱼。
[3] 衲子:指和尚。因其常穿白衲衣,故称。

正惆怅间,忽流泉阻路不得进,有三五村童掘菌子于乱草中,探头而笑,似讶多人之至此者。询以无隐路,对曰:"前途水大不可行,请返数武,南有小径,度岭可达[1]。"从其言。

[1] 度:越过。

度岭南行里许,渐觉竹树丛杂,四山环绕,径满绿茵,已无人迹。竹逸徘徊四顾曰:"似在斯,而径不可辨,奈何?"

径拨丛竹

余乃蹲身细瞩，于千竿竹中隐隐见乱石墙舍，径拨丛竹间，横穿入觅之，始得一门，曰："无隐禅院，某年月日南园老人彭某重修。"众喜曰："非君则武陵源矣①！"山门紧闭，敲良久，无应者。忽旁开一门，呀然有声②，一鹑衣少年出③，面有菜色，足无完履，问曰："客何为者？"竹逸稽首曰："慕此幽静，特来瞻仰。"少年曰："如此穷山，僧散无人接待，请觅他游。"言已，闭门欲进。云客急止之，许以启门放游，必当酬谢。少年笑曰："茶叶俱无，恐慢客耳④，岂望酬耶？"

①武陵源：即桃花源。陶渊明《桃花源记》中的桃花源在若有若无之间，难以抵达。故作者朋友们有此语。
②呀然：张开的样子。③鹑衣：形容极其破烂的衣服。
④慢：怠慢。

山门一启，即见佛面，金光与绿阴相映，庭阶石础苔积如绣①，殿后台级如墙，石栏绕之。循台而西，有石形如馒头，高二丈许，细竹环其趾②。

①石础：石基。②趾：低处，根基处。

周望环山

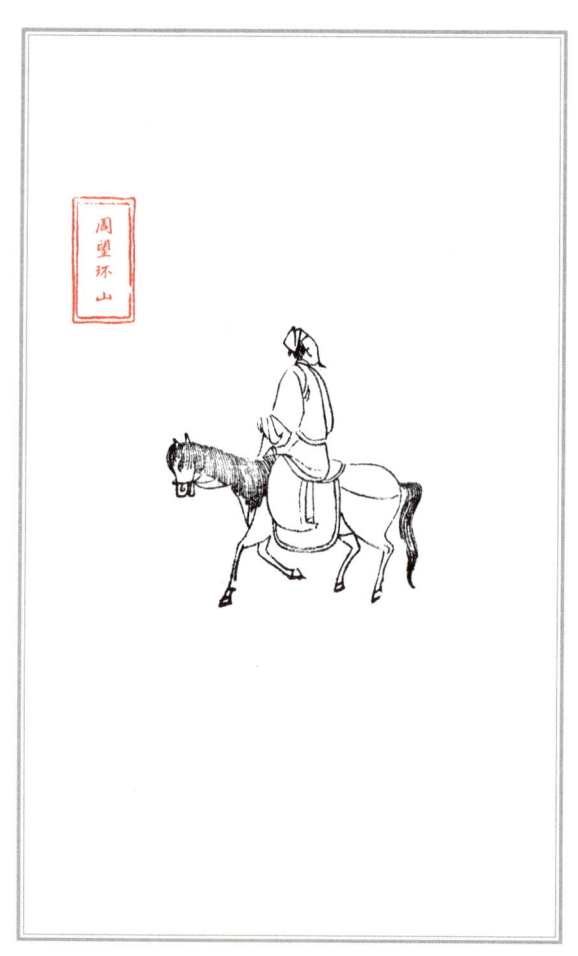

再西折北，由斜廊蹑级而登①，客堂三楹，紧对大石。石下凿一小月池，清泉一派，荇藻交横②。堂东即正殿，殿左西向为僧房厨灶，殿后临峭壁，树杂阴浓，仰不见天。星烂力疲，就池边小憩，余从之。

① 蹑级：循着台阶。② 荇藻：水草。

将启盒小酌，忽闻忆香音在树梢，呼曰："三白速来，此间有妙境！"仰而视之，不见其人，因与星烂循声觅之。由东厢出一小门，折北，有石蹬如梯，约数十级，于竹坞中瞥见一楼。又梯而上，八窗洞然①，额曰"飞云阁"。四山抱列如城，缺西南一角，遥见一水浸天，风帆隐隐，即太湖也。倚窗俯视，风动竹梢，如翻麦浪。忆香曰："何如？"余曰："此妙境也。"忽又闻云客于楼西呼曰："忆香速来，此地更有妙境！"因又下楼，折而西，十余级，忽豁然开朗，平坦如台。度其地，已在殿后峭壁之上，残砖缺础尚存，盖亦昔日之殿基也。周望环山，较阁更畅。忆香对太湖长啸一声，则群山齐应。

① 洞然：明亮开阔的样子。

起伏照应

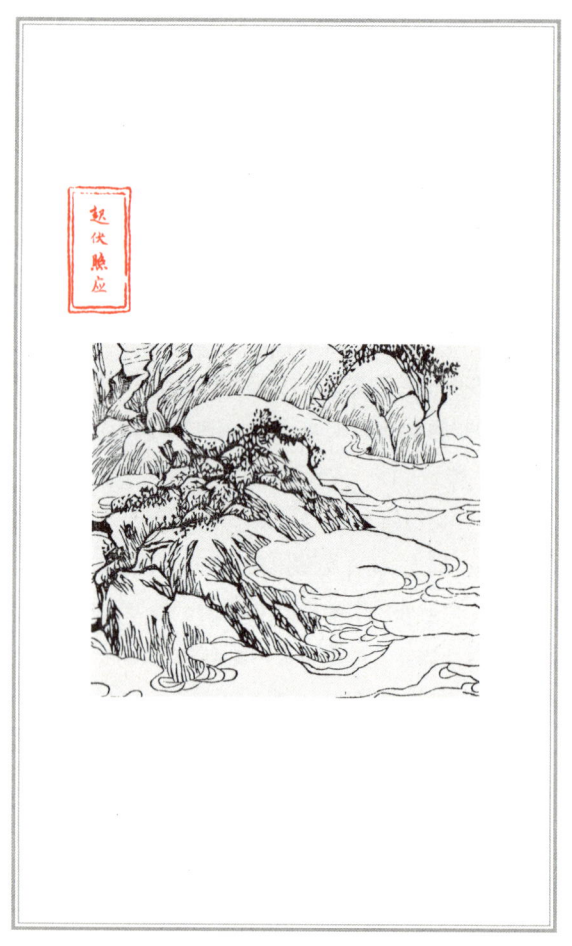

乃席地开樽，忽愁枵腹，少年欲烹焦饭代茶①，随令改茶为粥，邀与同啖。询其何以冷落至此，曰："四无居邻，夜多暴客②，积粮时来强窃，即植蔬果，亦半为樵子所有③。此为崇宁寺下院，长厨中月送饭干一石、盐菜一坛而已④。某为彭姓裔⑤，暂居看守，行将归去，不久当无人迹矣。"云客谢以番银一圆。

①焦饭：锅巴。②暴客：强盗。③樵子：樵夫，砍柴的人。④盐菜：咸菜。⑤裔：后裔，后代。

返至来鹤，买舟而归。余绘《无隐图》一幅，以赠竹逸，志快游也①。是年冬，余为友人作中保所累②，家庭失欢，寄居锡山华氏。明年春，将之维扬而短于资，有故人韩春泉在上洋幕府③，因往访焉。衣敝履穿，不堪入署，投札约晤于郡庙园亭中。及出见，知余愁苦，慨助十金。

①志：记录。②中保：担保人。③上洋：上海。

园为洋商捐施而成，极为阔大，惜点缀各景，杂乱无章，后叠山石，亦无起伏照应。

游兴之豪

归途忽思虞山之胜，适有便舟附之。时当春仲①，桃李争妍，逆旅行踪②，苦无伴侣。乃怀青铜三百③，信步至虞山书院④。墙外仰瞩，见丛树交花，娇红稚绿，傍水依山，极饶幽趣。惜不得其门而入，问途以往，遇设篷瀹茗者⑤，就之，烹碧罗春，饮之极佳。询虞山何处最胜，一游者曰："从此出西关，近剑门⑥，亦虞山最佳处也。君欲往，请为前导。"余欣然从之。出西门，循山脚，高低约数里，渐见山峰屹立，石作横纹。至则一山中分，两壁凹凸，高数十仞，近而仰视，势将倾堕。其人曰："相传上有洞府，多仙景，惜无径可登。"余兴发，挽袖卷衣，猿攀而上⑦，直造其巅。所谓洞府者，深仅丈许，上有石罅，洞然见天。俯首下视，腿软欲堕。乃以腹面壁，依藤附蔓而下。其人叹曰："壮哉！游兴之豪，未见有如君者。"

①春仲：农历二月。②逆旅：旅居。③青铜：铜钱。
④信步：闲适地漫步。虞山书院：又名文华书院、学道书院，在常熟城西北。⑤瀹（yuè）：煮。⑥剑门：虞山最高处。⑦猿攀：像猿猴一样攀爬。

弃家远遁

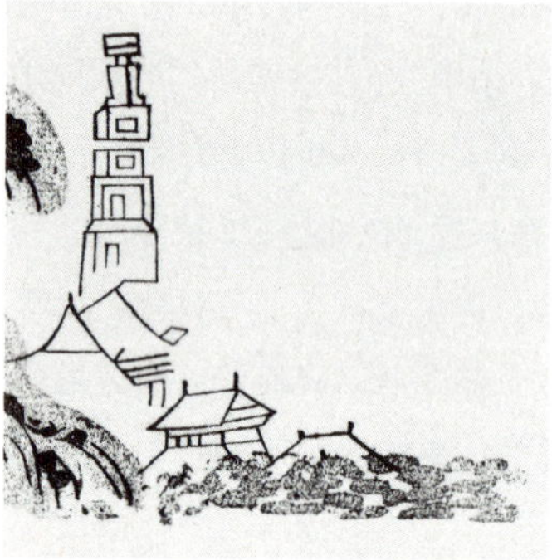

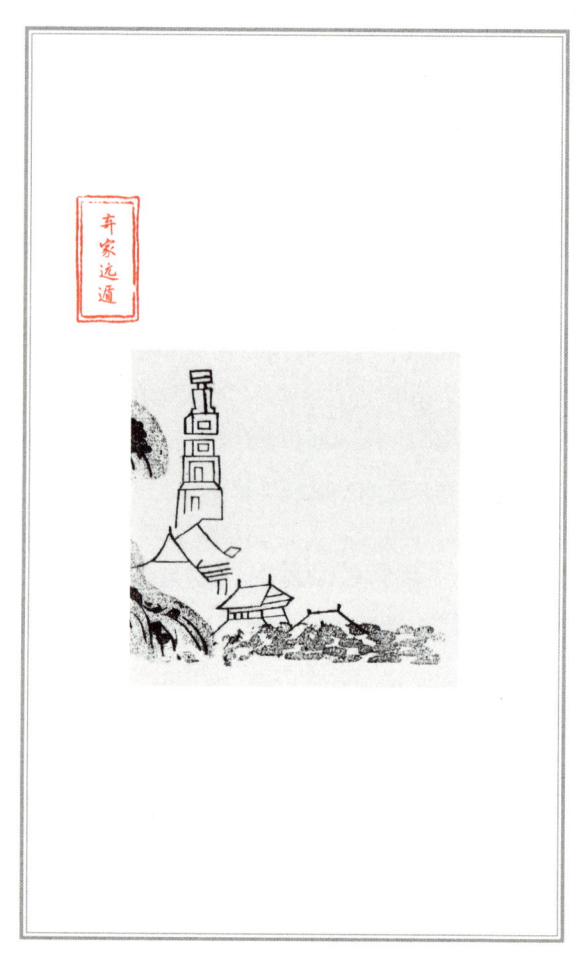

余口渴思饮，邀其人就野店沽饮三杯①。阳乌将落，未得遍游，拾赭石十余块，怀之归寓，负笈搭夜航至苏②，仍返锡山。此余愁苦中之快游也。

① 野店：野外的小店。沽饮：买酒喝。② 负笈（jí）：背着书箱。这里指带着行李。夜航：指夜航船。旧时江南地区装载客货在夜间航行的船。

嘉庆甲子春，痛遭先君之变，行将弃家远适，友人夏揖山挽留其家。秋八月，邀余同往东海永泰沙勘收花息①。沙隶崇明，出刘河口②，航海百余里。新涨初辟③，尚无街市。茫茫芦荻，绝少人烟，仅有同业丁氏仓库数十椽，四面掘沟河，筑堤栽柳绕于外。丁字实初，家于崇，为一沙之首户。司会计者姓王。俱豪爽好客，不拘礼节，与余乍见，即同故交。宰猪为馔，倾瓮为饮。令则拇战，不知诗文；歌则号呶④，不讲音律。酒酣，挥工人舞拳相扑为戏⑤。

① 花息：利息。② 刘河口：又名浏河口，在江苏太仓。③ 新涨：指海面新开辟的陆地。④ 号呶（náo）：大声狂叫。⑤ 相扑：又称角力，与摔跤相近。

牛背狂歌

蓄牯牛百余头,皆露宿堤上。养鹅为号,以防海贼。日则驱鹰犬猎于芦丛沙渚间①,所获多飞禽。余亦从之驰逐,倦则卧。引至园田成熟处,每一字号圈筑高堤,以防潮汛。堤中通有水窦,用闸启闭,旱则长潮时启闸灌之,潦则落潮时开闸泄之②。佃人皆散处如列星③,一呼俱集,称业户曰"产主",唯唯听命,朴诚可爱。而激之非义④,则野横过于狼虎。幸一言公平,率然拜服⑤。风雨晦明,恍同太古⑥。卧床外瞩,即睹洪涛,枕畔潮声,如鸣金鼓。

① 沙渚:沙洲。② 潦:积水。③ 佃人:租种土地的农民。
④ 非义:不合法、不正义的事情。⑤ 率然:全部如此。
⑥ 太古:远古时代。

一夜,忽见数十里外有红灯大如栲栳①,浮于海中,又见红光烛天,势同失火,实初曰:"此处起现神灯神火,不久又将涨出沙田矣。"揖山兴致素豪,至此益放。余更肆无忌惮,牛背狂歌,沙头醉舞,随其兴之所至,真生平无拘之快游也。事竣,十月始归。

① 栲栳(kǎo lǎo):用竹篾或柳条编织的圆筐。

吾苏虎丘之胜，余取后山之千顷云一处，次则剑池而已①，余皆半藉人工，且为脂粉所污，已失山林本相②。即新起之白公祠、塔影桥③，不过留名雅耳。

①剑池：虎丘名胜。传闻是吴王阖闾埋葬的地方，因有宝剑陪葬而得名。②本相：本来面目。③白公祠：嘉庆二年（1797）在塔影园基础上改建，纪念曾任苏州刺史的白居易。

其冶坊滨，余戏改为"野芳滨"，更不过脂乡粉队，徒形其妖冶而已。其在城中最著名之狮子林①，虽曰云林手笔，且石质玲珑，中多古木，然以大势观之，竟同乱堆煤渣，积以苔藓，穿以蚁穴，全无山林气势。以余管窥所及②，不知其妙。灵岩山为吴王馆娃宫故址③，上有西施洞、响屧廊、采香径诸胜④，而其势散漫，旷无收束，不及天平、支硎之别饶幽趣。

①狮子林：苏州四大园林之一，始建于元代。②管窥：浅陋的见解，多是谦称。③灵岩山：在苏州木渎。馆娃宫：相传是吴王夫差为西施在灵岩山上建造的宫殿。④响屧（xiè）廊：相传西施穿着木鞋在此留下声响而得名。屧，木鞋。

卷四 浪游记快

山林本相

邓尉山一名元墓[1]，西背太湖，东对锦峰，丹崖翠阁[2]，望如图画。居人种梅为业，花开数十里，一望如积雪，故名曰雪海。山之左有古柏四树，名之曰"清""奇""古""怪"。清者，一株挺直，茂如翠盖；奇者，卧地三曲，形同"之"字；古者，秃顶扁阔，半朽如掌；怪者，体似旋螺，枝干皆然。相传汉以前物也。

[1] 邓尉山：在苏州西南，是观梅胜地。[2] 丹崖：红色的山崖。

乙丑孟春[1]，揖山尊人莼芗先生偕其弟介石，率子侄四人，往蕨山家祠春祭，兼扫祖墓，招余同往。顺道先至灵岩山，出虎山桥，由费家河进香雪海观梅。蕨山祠宇即藏于香雪海中，时花正盛，咳吐俱香。余曾为介石画《蕨山风木图》十二册。

[1] 孟春：农历正月。

是年九月，余从石琢堂殿撰赴四川重庆府之任，溯长江而上，舟抵皖城[1]。皖山之麓[2]，有元季忠臣余公之墓③,墓侧有堂三楹,名曰大观亭,面临南湖,背倚潜山。亭在山脊,眺远颇畅。旁有深廊,北窗洞开。时值霜叶初红,烂如桃李。同游者为蒋寿朋、蔡子琴。南城外又有王氏园,其地长于东西,短于南北。盖北紧背城、南则临湖故也。既限于地,颇难位置,而观其结构,作重台叠馆之法。重台者,屋上作月台为庭院,叠石栽花于上,使游人不知脚下有屋。

> ① 皖城:安徽潜山。② 皖山:又名天柱山、潜山、皖公山、万岁山、万山等。在安徽潜山。③ 元季:元朝末年。余公:即余阙,元末守安庆,陈友谅攻破安庆时,全家殉难。明朝建立后设祠祭祀。

盖上叠石者则下实,上庭院者则下虚,故花木仍得地气而生也。叠馆者,楼上作轩,轩上再作平台。上下盘折,重叠四层,且有小池,水不漏泄,竟莫测其何虚何实。其立脚全用砖石为之,承重处仿照西洋立柱法。幸面对南湖,目无所阻,骋怀游览①,胜于平园。真人工之奇绝者也。

> ① 骋怀游览:指开畅胸怀,游目四顾。

谁吹玉笛

卷四　浪游记快

武昌黄鹤楼在黄鹄矶上,后拖黄鹄山,俗呼为蛇山。楼有三层,画栋飞檐,倚城屹峙①,面临汉江,与汉阳晴川阁相对。余与琢堂冒雪登焉,仰视长空,琼花飞舞②,遥指银山玉树,恍如身在瑶台。江中往来小艇,纵横掀播③,如浪卷残叶,名利之心至此一冷。壁间题咏甚多,不能记忆,但记楹对有云:"何时黄鹤重来,且共倒金樽,浇洲渚千年芳草;但见白云飞去,更谁吹玉笛,落江城五月梅花④。"

① 屹峙(yì zhì):高耸直立。② 琼花:指雪花。③ 掀播:翻腾,颠簸。④ 落江城五月梅花:此句化用李白诗句:"黄鹤楼中吹玉笛,江城五月落梅花。"

黄州赤壁在府城汉川门外①,屹立江滨,截然如壁。石皆绛色,故名焉。《水经》谓之赤鼻山②。东坡游此,作二赋③,指为吴魏交兵处,则非也。壁下已成陆地,上有二赋亭。

① 黄州:湖北黄冈。②《水经》:我国第一部记录河道水系的地理学著作。北魏郦道元为此书作注,为《水经注》。③ 二赋:指苏轼所作的《前赤壁赋》《后赤壁赋》。

有石桥通焉

卷四　浪游记快

是年仲冬，抵荆州。琢堂得升潼关观察之信，留余住荆州，余以未得见蜀中山水为怅。时琢堂入川，而哲嗣敦夫眷属及蔡子琴、席芝堂俱留于荆州[1]，居刘氏废园。

[1] 哲嗣：对他人儿子的敬称。

余记其厅额曰"紫藤红树山房"。庭阶围以石栏，凿方池一亩。池中建一亭，有石桥通焉。亭后筑土垒石，杂树丛生。余多旷地，楼阁俱倾颓矣。客中无事，或吟或啸，或出游，或聚谈。岁暮虽资斧不继[1]，而上下雍雍，典衣沽酒，且置锣鼓敲之。每夜必酌，每酌必令。窘则四两烧刀[2]，亦必大施觞政。

[1] 资斧：旅费，盘缠。[2] 烧刀：烧酒。

遇同乡蔡姓者，蔡子琴与叙宗系，乃其族子也，倩其导游名胜。至府学前之曲江楼[1]。

[1] 曲江楼：在湖北荆州南门，为纪念张九龄而命名，因张九龄是曲江（广东韶关）人。

昔张九龄为长史时①，赋诗其上，朱子亦有诗曰②："相思欲回首，但上曲江楼。"城上又有雄楚楼，五代时高氏所建③。规模雄峻，极目可数百里。绕城傍水，尽植垂杨，小舟荡桨往来，颇有画意。

① 张九龄：字子寿，谥文献，世称"张曲江"。张九龄曾在开元年间长期担任宰相，后被贬为荆州长史。
② 朱子：即南宋大儒朱熹。③ 高氏：即五代十国时期割据荆州、建立南平政权的高季兴。

荆州府署即关壮缪帅府①，仪门内有青石断马槽②，相传即赤兔马食槽也。访罗含宅于城西小湖上③，不遇。又访宋玉故宅于城北④。昔庾信遇侯景之乱⑤，遁归江陵，居宋玉故宅，继改为酒家。今则不可复识矣。

① 关壮缪：即关羽，死后曾被追封为壮缪侯。② 仪门：官署前的旁门，具有点缀威仪的作用。③ 罗含：字君章，号富和，湖南耒阳人。东晋思想家、文学家。④ 宋玉：战国时期楚国的辞赋家。⑤ 庾信：字子山，南阳新野人。南北朝时期著名文学家。侯景之乱：梁武帝末年北齐降将侯景发起的一场大叛乱。

卷四 浪游记快

但上曲江楼

是年大除①,雪后极寒,献岁发春②,无贺年之扰,日惟燃纸炮、放纸鸢③、扎纸灯以为乐。既而风传花信④,雨濯春尘,琢堂诸姬携其少女、幼子顺川流而下,敦夫乃重整行装,合帮而走。由樊城登陆,直赴潼关。

① 大除:除夕之夜。② 献岁:岁首正月,即每年的正月初一。③ 纸鸢:风筝。④ 花信:花朵开放的信息。

由河南阌乡县西出函谷关,有"紫气东来"四字,即老子乘青牛所过之地。两山夹道,仅容二马并行。约十里即潼关,左背峭壁,右临黄河,关在山河之间扼喉而起①,重楼垒垛,极其雄峻。而车马寂然,人烟亦稀。昌黎诗曰"日照潼关四扇开"②,殆亦言其冷落耶?

① 山河:这里指崤山与黄河。扼喉:卡住喉咙。比喻控制要害部位。② 昌黎:韩愈诗。此句诗出自韩愈《次潼关先寄张十二阁老使君》。

城中观察之下,仅一别驾①。道署紧靠北城,后有园圃,横长约三亩。东西凿两池,水从西南墙外而入,东流至两池间,支分三道:一向南至大厨房,以供日用；一向东入东池；一向北折西，由石螭口中喷入西池，绕至西北，设闸泄泻，由城脚转北，穿窦而出，直下黄河。日夜环流，殊清人耳。竹树阴浓，仰不见天。西池中有亭，藕花绕左右。东有面南书室三间，庭有葡萄架，下设方石，可弈可饮②，以外皆菊畦③。西有面东轩屋三间，坐其中可听流水声。轩南有小门可通内室。轩北窗下另凿小池，池之北有小庙，祀花神。园正中筑三层楼一座，紧靠北城，高与城齐，俯视城外，即黄河也。河之北，山如屏列，已属山西界。真洋洋大观也！

① 别驾：清代对通判的称呼。② 弈：下棋。③ 畦（qí）：田园中分成的小区。

余居园南，屋如舟式，庭有土山，上有小亭，登之可览园中之概，绿阴四合，夏无暑气。琢堂为余颜其斋曰"不系之舟"。此余幕游以来第一好居室也。土山之间，艺菊数十种①，惜未及含葩②，而琢堂调山左廉访。以眷属移寓潼川书院，余亦随往院中居焉。

① 艺：种植。② 含葩：打花骨朵。

琢堂先赴任，余与子琴、芝堂等无事，辄出游。乘骑至华阴庙。过华封里，即尧时三祝处①。庙内多秦槐汉柏，大皆三四抱，有槐中抱柏而生者，柏中抱槐而生者。殿廷古碑甚多，内有陈希夷书"福""寿"字②。华山之脚有玉泉院，即希夷先生化形骨蜕处。有石洞如斗室，塑先生卧像于石床。其地水净沙明，草多绛色，泉流甚急，修竹绕之③。洞外一方亭，额曰"无忧亭"。旁有古树三株，纹如裂炭，叶似槐而色深，不知其名，土人即呼曰"无忧树"。太华之高④，不知几千仞⑤，惜未能裹粮往登焉。

① 三祝：祝福他人多寿、多富、多男子。典出《庄子》。
② 陈希夷：即陈抟，字图南，号扶摇子，赐号希夷先生。五代宋初著名道士和道教学者。③ 修竹：长长的竹子。
④ 太华：华山。⑤ 仞：古代计量单位，古时八尺或七尺为一仞。

归途见林柿正黄，就马上摘食之。土人呼止，弗听。嚼之，涩甚，急吐去，下骑觅泉漱口，始能言，土人大笑。盖柿须摘下，煮一沸，始去其涩，余不知也。

卷四 浪游记快

古树三株

十月初,琢堂自山东专人来接眷属,遂出潼关,由河南入鲁。

山东济南府城内,西有大明湖,其中有历下亭、水香亭诸胜。夏月,柳阴浓处,菡萏香来①,载酒泛舟,极有幽趣。余冬日往视,但见衰柳寒烟,一水茫茫而已。

① 菡萏(hàn dàn):荷花。

趵突泉为济南七十二泉之冠,泉分三眼,从地底怒涌突起,势如腾沸。凡泉皆从上而下,此独从下而上,亦一奇也。池上有楼,供吕祖像①,游者多于此品茶焉。

① 吕祖:即传说中的道教神仙吕洞宾。

明年二月,余就馆莱阳①。至丁卯秋,琢堂降官翰林,余亦入都。所谓登州海市②,竟无从一见。

① 莱阳:山东莱阳。② 登州:山东蓬莱。海市:即海市蜃楼。

# 卷五　中山记历

JUANWU
ZHONGSHANJILI

嘉庆四年，岁在己未，琉球国中山王尚穆薨①。世子尚哲②，先七年卒；世孙尚温，表请袭封。中朝怀柔远藩③，锡以恩命④，临轩召对，特简儒臣⑤。于是，赵介山先生名文楷⑥，太湖人，官翰林院修撰，充正使；李和叔先生名鼎元⑦，绵州人，官内阁中书，副焉。介山驰书⑧，约余偕行，余以高堂垂老，惮于远游⑨；继思游幕二十年，遍窥两戒⑩，然而尚囿方隅之见⑪，未观域外，更历瀛溟之胜⑫，庶广异闻。禀商吾父，允以随往。从客凡五人：王君文诰，秦君元钧，缪君颂，杨君华才，其一即余也。

① 琉球：日本冲绳。明清时代为中国的藩属国，19世纪末被日本吞并。薨（hōng）：古代称侯王死叫薨。② 世子：对王爵继承人的称呼。③ 怀柔：以仁义恩惠的手段加以笼络。远藩：远方的藩属国。④ 锡：赐予，赏赐。⑤ 简：选拔。⑥ 赵介山：即赵文楷，字介山，号逸书，安徽太湖人。嘉庆元年（1796）状元。著有《石柏山房诗存》等。⑦ 李和叔：即李鼎元，字和叔，号墨庄，四川绵阳人。著有《使琉球记》等。⑧ 驰书：紧急送信。⑨ 惮：畏惧。⑩ 两戒：国家的南北界限，泛指祖国的领土。⑪ 方隅：狭窄浅陋。⑫ 瀛溟：指水波浩渺的大海。

卷五　中山记历

广异间

五年五月朔日①,随旌节以行②,祥飙送风③,神鱼扶舳④,计六昼夜,径达所届。凡所目击,咸登掌录⑤。

①五年五月朔日:指嘉庆五年(1800)五月初一。②旌节:出使异域的使臣所持的节仗。代指使者。③祥飙:指和风。④舳(zhú):大船。⑤掌录:指记录风土人情的百科全书式的书籍,泛指书籍。

志山水之丽崎,记物产之瑰怪,载官司之典章①,嘉士女之风节②。文不矜奇③,事皆记实。自惭谫陋④,甘贻测海之嗤⑤;要堪传信,或胜凿空之说云尔⑥。

①典章:规章制度。②风节:风骨节操。③矜奇:追求新奇。④谫(jiǎn)陋:浅薄。⑤测海:指不自量力,浅陋、肤浅。⑥凿空:没有凭据的空话。云尔:语助词。有"罢了""不过如此"的意思。

五月朔日,恰逢夏至,襆被登舟。向来封中山王,去以夏至,乘西南风;归以冬至,乘东北风。风有信也①。

①风有信:风会随着季节变化应时而起。

卷五 中山记历

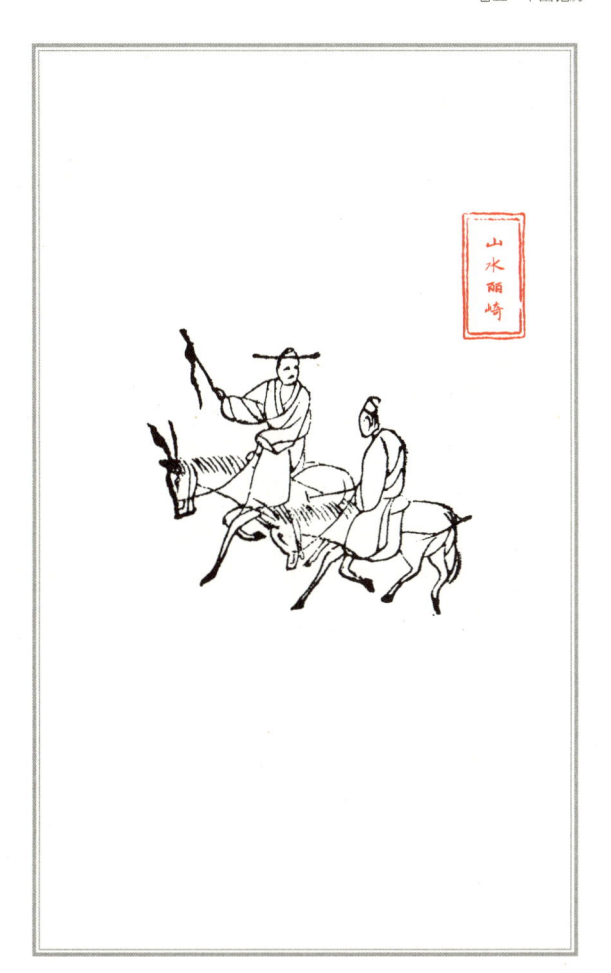

山水崎崎

舟二，正使与副使共乘其一。舟身长七尺，首尾虚艄三丈，深一丈三尺，宽二丈二尺，较历来封舟几小一半①。前后各一桅，长六丈有奇，围三尺；中舱前一桅，长十丈有奇，围六尺，以番木为之。通计二十四舱，舱底贮石，载货十一万斤奇。

① 封舟：指朝廷派出的跨越重洋、册封琉球国王、显示国威的大船。

龙口置大炮一，左右各置大炮二，兵器贮舱内。大桅下横大木为辘轳，移炮升篷皆仗之，辇以数十人。舱面为战台，尾楼为将台，立帜列藤牌，为使臣厅事。下即舵楼。舵前有小舱，实以沙布针盘。中舱梯而下，高可六尺，为使臣会食地①。前舱贮火药贮米，后以居兵。稍后为水舱，凡四井。二号船称是②。每船约二百六十余人，船小人多，无立锥处③。风信已届，如欲易舟，恐延时日也。

① 会食：聚餐。② 称是：也是这样。③ 立锥：形容地方极小。

卷五 中山记历

舟

初二日午刻,移泊鳌门①。申刻,庆云见于西方②,五色轮囷③,适与楼船旗帜上下辉映,观者莫不叹为奇瑞。或如玄圭④,或如白珂,或如灵芝,或如玉禾,或如绛绡,或如紫绦⑤,或如文杏之叶⑥,或如含桃之颗⑦,或如秋原之草,或如春湘之波。向读屠长卿赋⑧,今始知其形容之妙也。画士施生,为《航海行乐图》,甚工。余见兹图,遂乃搁笔;香崖虽善画,亦不能办此。

① 鳌门:在福建漳州。② 庆云:祥云。③ 轮囷:屈曲盘绕的样子。④ 玄圭:黑色的名贵的玉器。⑤ 绦(tuó):五丝为一绦。⑥ 文杏:银杏。⑦ 含桃:樱桃。⑧ 屠长卿:明代文学家屠隆,字长卿,浙江宁波人,这里指屠隆的《溟海波恬赋》。

初四日亥刻,起碇①。乘潮至罗星塔②,海阔天空,一望无际。余妇芸娘,昔游太湖,谓得见天地之宽,不虚此生。使观于海,其愉快又当何如?

① 起碇(dìng):起锚,起航。碇,系船的石墩。② 罗星塔:海岸上的灯塔名,在福建福州马尾港的罗星山上。

卷五　中山记历

海阔天空

初九日卯刻，见彭家山[1]，列三峰，东高而西下。申刻，见钓鱼台[2]，三峰离立，如笔架，皆石骨。惟时水天一色，舟平而驶。有白鸟无数，绕船而送，不知所自来。入夜，星影横斜，月光破碎，海面尽作火焰，浮沉出没。木华《海赋》所谓"阴火潜然"者也[3]。

[1] 彭家山：在福建宁德柘荣。[2] 钓鱼台：即钓鱼岛，是中国东海的固有群岛。[3] 木华：字玄虚，河北景县人。西晋辞赋家。其生平赋作仅存《海赋》一篇。

初十日辰正[1]，见赤尾屿[2]。屿方而赤，东西凸而中凹，凹中又有小峰二。船从山北过，有大鱼二，夹舟行，不见首尾，脊黑而微绿，如十围枯木，附于舟侧。舟人以为风暴将起，鱼先来护。午刻，大雷雨以震，风转东北，舵无主。舟转侧甚危！幸而大鱼附舟，尚未去。忽闻霹雳一声，风雨顿止。申刻，风转西南且大。合舟之人，举手加额，咸以为有神助。得二诗以志之。

[1] 辰正：辰时正中，相当于早上八点整。[2] 赤尾屿：又称赤尾岛、赤坎屿、赤尾山、赤尾岛、赤尾礁。

卷五 中山记历

大鱼

诗云:"平生浪迹遍齐州①,又附星槎作远游②。鱼解扶危风转顺,海云红处是琉球。""白浪滔滔撼大荒,海天东望正茫茫。此行足壮书生胆,手挟风雷意激昂。"自谓颇能写出尔时光景。

① 齐州:中国的代称。② 星槎:指出使外国的船只。

十一日午刻,见姑米山①。山共八岭,岭各一二峰,或断或续。未刻,大风暴雨如注,然雨虽暴而风顺。酉刻,舟已近山。琉球人以姑米多礁,黑夜不敢进,待明而行。亦不下碇,但将篷收回,顺风而立,则舟荡漾而不能进退。戌刻,舟中举号火,姑米山有火应之。询知为球人暗令:日则放炮,夜则举火。仪注所谓得信者,此也。

① 姑米山:日本冲绳的久米岛。

十二日辰刻,过马齿山①。山如犬羊相错,四峰离立,若马行空。

① 马齿山:在琉球群岛西南部庆良间诸岛。

卷五 中山记历

天马行空

计又行七更，船再用甲寅针①，取那霸港②。回望见迎封船在后③，共相庆幸。历来针路所见，尚有小琉球、鸡笼山、黄麻屿，此行俱未见。闻知琉球伙长④，年已六十，往来海面八次，每度细审得其准的。以为不出辰卯二位，而乙卯位单，乙针尤多，故此次最为简捷，而所见亦仅三山，即至姑米。针则开洋用单辰⑤，行七更后，用乙辰，自后尽用乙。过姑米，乃用乙卯。惟记更以香，殊难凭准。念五虎门至官塘，里有定数，因就时辰表按时计里，每时约行百有十里。自初八日未时开洋，讫十二日辰时，计共五十八时。初十日，暴风停两时；十一日夜，畏触礁，停三时，实行五十三时，计程应得五千八百三十里。计到那霸港，实洋面六千里有奇。

① 甲寅针：即指南针。我国传统航海罗盘以地支十二字（子、丑、寅、卯、辰、巳、午、未、申、酉、戌、亥）、天干八字（甲、乙、丙、丁、庚、辛、壬、癸）和八卦四字（乾、艮、巽、坤）共二十四个字按次序布列圆周，表示二十四方位。此二十四个字中心线各指示一个方位，形成二十四路单针。单针以一个方位字来表述，如"单甲针""单卯针"；缝针以两个相邻的方位字来表述，比如"丁未针""甲寅针"。所

谓对针,就是将罗盘一条直径上两个方向完全相反的单针或缝针放在一起表述,单针对针比如"乾巽",缝针对针比如"庚申甲寅""壬子丙午"。② 那霸港:日本冲绳首府那霸,琉球国首都首里城所在地。③ 迎封船:迎接分封使者的船只。④ 伙长:指船上掌管指南针的人。⑤ 开洋:起航。

据琉球伙长云,海上行舟,风小固不能驶,风过大,亦不能驶。风大则浪大,浪大力能壅船①,进尺仍退二寸。惟风七分,浪五分,最宜驾驶。此次是也。从来渡海,未有平稳而驶如此者。于时,球人驾独木船数十,以纤挽舟而行,迎封三接如仪②。辰刻,进那霸港。先是,二号船于初十日望不见,至是乃先至。迎封船亦随后至,齐泊临海寺前。伙长云,从未有三舟齐到者。午刻,登岸。倾国人士③,聚观于路,世孙率百官迎诏如仪。世孙年十七,白皙而丰颐,仪度雍容,善书,颇得松雪笔意④。

① 壅:堵塞,阻拦。② 如仪:按照规定的仪式进行。
③ 倾国:全国。④ 松雪:即元代大书画家赵孟𫖯,号松雪道人。

浮生六记

按《中山世鉴》①，隋使羽骑尉朱宽至国②，于万涛间，见地形如虬龙浮水③，始曰"流虬"。而《隋书》又作"流求"，《新唐书》作"流鬼"，《元史》又作"瑠求"，明复作"琉球"。《世鉴》又载，元延祐元年，国分为三大里，凡十八国，或称山南王，或称山北王。余于中山、南山，游历几遍，大村不及二里，而即谓之国，得勿夸大乎？

①《中山世鉴》：全称《琉球国中山世鉴》，琉球国的官修史书，是琉球王国"三大国史"之第一部。②羽骑尉：隋代武散官名，隋文帝置，隋炀帝时废。③虬龙：传说有角的小龙。

琉人每言大风，必曰台飓。按韩昌黎诗："雷霆逼飓飓。"①是与飓同称者为飓。《玉篇》②："飓，大风也，于笔切。"《唐书·百官志》："有飓海道，或系球人误书。"

①"雷霆逼飓飓"：此句出自韩愈《山南郑相公、樊员外酬答为诗，其末咸有见及语，樊封以示愈，依赋十四韵以献》。②《玉篇》：中国古代按部首分门别类编排的字典，南朝梁陈间顾野王撰。

269

浮生六记

《隋书》称琉球有虎狼熊罴①,今实无之。又云无牛羊驴马,驴诚无,而六畜无不备②。乃知书不可尽信也。

①罴(pí):熊的一种。②六畜:即马、牛、羊、猪、狗、鸡六种牲畜。

天使馆西向①,仿中华廨署②,有旗竿二,上悬册封黄旗。有照墙,有东西辕门③,左右有鼓亭,有班房。大门署曰"天使馆",门内廊房各四楹。仪门署曰"天泽门",万历中使臣夏子阳题④,年久失去,前使徐葆光补出⑤。门内左右各十一间,中有甬道⑥,道西榕树一株,大可十围,徐公手植⑦。

①天使馆:接待中国使臣的馆驿。②廨署:官署,官员处理公务的地方。③辕门:指官署的外门。④夏子阳:字君甫,号鹤田,江西玉山人。明万历十七年(1589)进士,官至太常寺卿。曾出使琉球。⑤徐葆光:字亮直,号澄斋,江苏苏州人。清康熙五十一年(1712)探花,曾任翰林院编修。曾出使琉球。⑥甬道:楼房之间有棚顶的通道。⑦手植:亲手种植。

卷仿中国式

最西者为厨房，大堂五楹，署曰"敷命堂"①，前使汪楫题②。稍北，葆光额曰"皇纶三锡"③。堂后有穿堂，直达二堂。堂五楹，中为正副使会食之地，前使周公署曰"声教东渐"④。左右即寝室⑤。堂后南北各一楼，南楼为正使所居，汪楫额曰"长风阁"。北楼为副使所居，前使林麟焻额曰"停云楼"⑥。额北有诗牌，乃海山先生所题也⑦。周砺礁石为垣，望同百雉⑧。垣上悉植火凤，干方，无花有刺，似霸王鞭，叶似慎火草，俗谓能避火，名吉姑罗。南院有水井。楼皆上覆瓦，下砌方砖，院中平似沙，桌椅床帐悉仿中国式。

①敷命：宣扬朝廷的诏命。②汪楫：字次舟，一作舟次，号悔斋，安徽休宁人。曾任翰林院检讨、福建布政使。曾出使琉球。③皇纶：皇家的恩典。④渐：影响，教化。⑤寝室：卧室。⑥林麟焻：字石来，号玉岩，福建莆田人。康熙九年（1670）中进士，曾任礼部郎中等。曾出使琉球。⑦海山先生：即周煌，字景桓，号绪楚，又号海珊，一作海山。乾隆二年（1737）进士。曾奉诏以副使身份出使琉球。⑧雉（zhì）：古代城墙长三丈、高一丈为一雉。

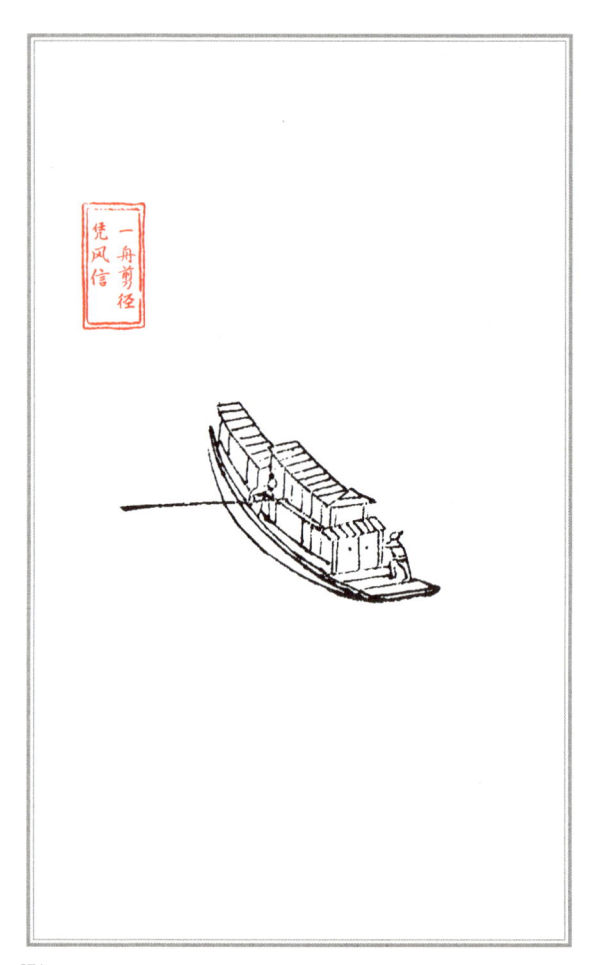

一舟剪径 凭风信

寄尘得诗四首，有句云："相看楼阁云中出，即是蓬莱岛上居。"又有句云："一舟剪径凭风信，五日飞帆驻月楂。"皆真情真境也。

孔子庙在久米村。堂三楹，中为神座，如王者垂旒搢圭①，而署其主曰"至圣先师孔子神位"。左右两龛。龛二人立侍，各手一经，标曰"易""书""诗""春秋"，即所谓四配也②。堂外为台，台东西拾级以登，栅如棂星门③，中仿戟门④，半树塞以止行者。其外临水为屏墙⑤。堂之东，为明伦堂⑥，堂北祀启圣⑦。久米士之秀者，皆肄业其中⑧。择文理精通者为之师，岁有廪给⑨，丁祭一如中国仪⑩。

---

① 旒：古代帝王帽子前后悬垂的玉串。搢圭：佩戴玉器。② 四配：配祀孔庙的四位儒门圣贤，分别是颜渊、子思、曾参、孟轲。③ 棂（líng）星门：文庙建筑名，是文庙中轴线上的牌楼式木质或石质建筑。④ 戟门：于门前立戟，泛指显贵之家。⑤ 屏墙：即照壁，对着大门做屏蔽用的墙壁。⑥ 明伦堂：古文庙、书院、太学、学宫等教育机构的正殿。⑦ 启圣：指孔子的父亲叔梁纥。⑧ 肄业：讲习学业。⑨ 廪（lǐn）给：官府给生员的膳食补助。⑩ 丁祭：又称"祭丁"，是祭祀孔子的盛典。旧时于每年阴历二月、八月第一个丁日祭祀孔子，故称。

圆觉寺

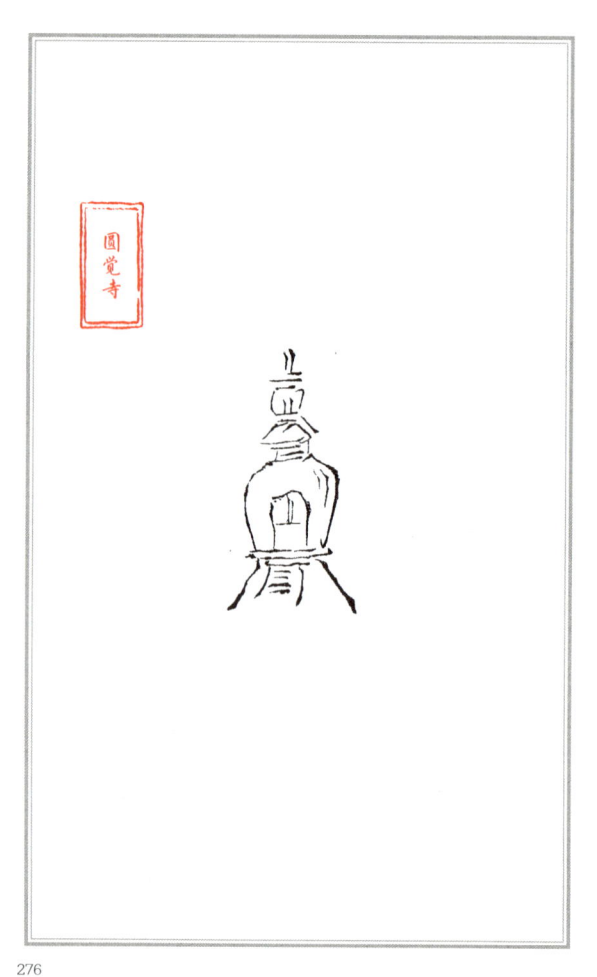

敬题一诗云："洋溢声名四海驰，岛邦也解拜先师。庙堂肃穆垂旒贵，圣教如今洽九夷①。"用伸仰止之忱②。

①九夷：泛指中华以外的族群。②用：以。仰止：语出《诗经》："高山仰止，景行行止。"表示极度敬仰。忱：热切的心情。

国中诸寺，以圆觉为大。渡观莲塘桥，亭供辨才天女①，云即斗姥②。将入门，有池曰圆鉴，荇藻交横，芰荷半倒③。门高敞，有楼翼然④。左右金刚四，规模略仿中国。佛殿七楹。更进，大殿亦七楹，名龙渊殿。中为佛堂，左右奉木主，亦祀先王神位，兼祀祧主⑤。左序为方丈⑥，右序为客座，皆设席；周缘以布，下衬极平而净，名曰踏脚绵。

①辨才天女：佛教中的女神，又译作"辩才天女""美音天""妙音佛母"及"声音佛母"等，精通音乐。②斗姥：道教中的尊神，为北斗众星之母。③芰（jì）荷：菱叶与荷花。④翼然：像鸟张开翅膀一样。⑤祧主：远祖的神位。⑥左序：左厢房。方丈：佛寺住持的居处。

海味

方丈前,为蓬莱庭。左为香积厨,侧有井,名不冷泉。客座右为古松岭,异石错舛,列于松间。左厢为僧寮[①],右厢为狮子窟。僧寮南,有乐楼。楼南为园,饶花木。此圆觉寺之胜概也。

① 僧寮:僧舍。

又有护国寺,为国王祷雨之所。龛内有神,黑而裸,手剑立,状甚狰狞。有钟,为前明景泰七年铸[①]。寺后多凤尾蕉[②],一名铁树。

① 前明:清代人对明朝的称呼。景泰七年为公元1456年。② 凤尾蕉:又名"铁树""避火蕉"等,主干粗壮,坚硬如铁,叶锐如针,洁滑有光,四季常青。

又有天王寺,有钟亦为景泰七年铸。又有定海寺,有钟为前明天顺三年铸。至于龙渡寺、善兴寺、和光寺,荒废无可述者。

此邦海味,颇多特产,为中国之所罕见。

一石鉅①，似墨鱼而大，腹圆如蜘蛛，双须八手，攒生两肩②，有刺，类海参，无足无鳞介③，如鲍鱼。登莱有所谓八带鱼者④，以形考之，殆是石鉅，或即乌鲗之别种欤⑤？

① 石鉅（jù）：章鱼。② 攒生：杂乱丛生。③ 鳞介：鳞甲。④ 登莱：登州、莱州，山东半岛一带，盛产海产品。⑤ 乌鲗：乌贼。

一海蛇，长三尺，僵直如朽索，色黑，状狰狞。土人云：能杀虫、疗瘤、已疥①；殆永州异蛇类。土俗甚重之，以为贵品。

① 瘤：顽疾。已疥：治疗疥疮。

一海胆，如猬，剥皮去肉，捣成泥，盛以小瓶，可供馔。

一寄生螺，大小不一，长圆各异，皆负壳而行。螺中有蟹，两螯八跪，跪四大四小，以大跪行；螯一大一小，小者常隐，大者以取食。触之则大跪尽缩，以一大螯拒户。

蟹也而有螺性，《海赋》所云"璅蛣腹蟹"①，岂其类欤？《太平广记》谓"蟹入螺中"，似先有蟹。然取置碗中，以观其求脱之势，力猛壳脱，顷刻死，则又与壳相依为命。造物不测，难以臆度也②。

① 璅蛣：又名海镜，一种寄居蟹。② 臆度：主观猜测。

一沙蟹，阔而薄，两螯大于身。甲小而缺其前，缩两螯以补之，若无缝。八跪特短，脐无甲，尖团莫辨。见人则凹双睛，噀水高寸许①，似善怒。养以沙水，经十余日，不食亦不死。一蚶，径二尺以上，围五尺许，古人所谓"屋瓦子"，以壳形凹凸，像瓦屋也。一海马肉，薄片回屈如刨花②，色如片茯苓③。品之最贵者，不易得，得则先以献王。其状鱼身马首，无毛而有足，皮如江豚④。此皆海味之特产也。

① 噀（xùn）：含在口中而喷出。② 回屈：卷曲，盘旋。刨花：加工木制品时产生的长条卷曲木屑。③ 茯苓：寄生在松树根上的一种块状菌。④ 江豚：一种小型鲸类，俗称江猪。

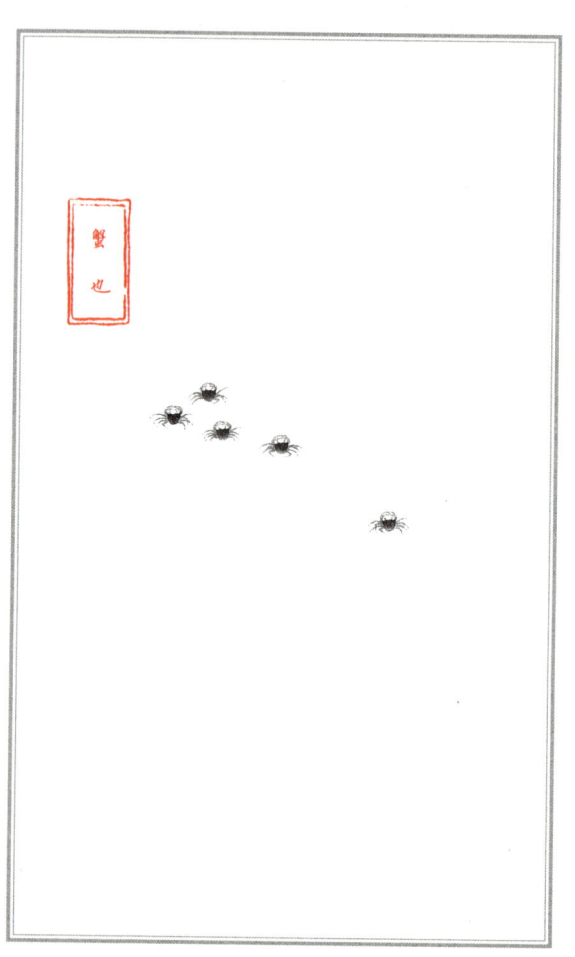

浮生六记

蟹也

此邦果实，亦有与中国不同者。蕉实状如手指，色黄，味甘，瓣如柚，亦名甘露。初熟色青，以糖覆之则黄。其花红，一穗数尺。瓤须五六出，岁实如常，实如其须之数。中国亦有蕉，不闻岁结实，亦无有抽其丝作布者。或其性殊欤？

布之原料，与制布之法，亦有与中国异者。

一曰蕉布，米色，宽一尺，乃芭蕉沤抽其丝织成[①]，轻密如罗。

[①] 沤：在水中长时间浸泡。

一曰苎布，白而细，宽尺二寸，可敌棉布。

一曰丝布，白而棉软，苎经而丝纬，品之最尚者。《汉书》所谓蕉、筒、荃、葛，即此类也。

一曰麻布，米色而粗，品最下矣。国人善印花，花样不一，皆剪纸为范。加范于布，涂灰焉；灰干去范，乃着色；干而浣之，灰去而花出，愈洗而愈鲜，衣敝而色不退。此必别有制法，秘不语人。故东洋花布，特重于闽也。

此邦草木，多与中国异称，惜未携《群芳谱》来，一一辨证之耳。罗汉松谓之椛木[1]。冬青谓之福木。万寿菊谓之禅菊。铁树谓之凤尾蕉，以叶对出形似也；亦谓之海棕榈，以叶盖头形似也；有携至中华以为盆玩者，则谓之万年棕云。

[1] 椛木：一种常绿乔木。

凤梨[1]，开花者谓之男木，白瓣若莲，颇香烈，不实；无花者谓之女木，而实大，如瓜可食。或云即波罗蜜别种，球人又谓之"阿咀呢"。

[1] 凤梨：菠萝的别称。

月橘[1]，谓之十里香，叶如枣，小白花，甚芳烈，实如天竹子稍大。闻二月中，红累累满树，若火齐然。惜余未及见也。

[1] 月橘：芸香科植物，其花香浓郁而独特，能飘往远处，故而有七里香、九里香、十里香、千里香、万里香、满山香等别称。

卷五 中山记历

凤尾蕉

山林不断 四时花

球阳地气多暖,时届深秋,花草不杀,蚊雷不收①,荻花盛开。

① 蚊雷:成群的鸣声如雷的蚊子。

野牡丹二三月花,至八月复复,花累累如铃铎,素瓣,紫晕,檀心,圆而大,颇芳烈。佛桑四季皆花①。有白色,有深红、粉红二色。因得一诗,诗云:"偶随使节泛仙槎,日日春游玩物华。天气常如二三月,山林不断四时花。"亦真情真景也。

① 佛桑:即扶桑,四季皆开花,为观赏型植物。

球人嗜兰,谓之孔子花。陈宅尤多异产。有风兰,叶较兰稍长,篾竹为盆①,挂风前,即蕃衍②。有名护兰,叶类桂而厚,稍长如指,花一箭八九出,以四月开,香胜于兰。出名护岳岩石间③,不假水土④,或寄树桠,或裹以棕而悬之,无不茂。

① 篾竹:切成细长条的竹子。② 蕃衍:繁衍生长。③ 名护岳:冲绳岛北部的一座山峰。④ 假:依靠。

黄筌妙笔

有粟兰,一名芷兰,叶如凤尾花,作珍珠状。有棒兰,绿色,茎如珊瑚,无叶,花出桠间,如兰而小,亦寄树活。又有西表松兰、竹兰之目,或致自外岛,或取之岩间,香皆不减兰也。因得一诗,诗云:"移根绝岛最堪夸,道是森森阙里花①。不比寻常凡草木,春风一到即繁华。"题诗既毕,并为写生,愧无黄筌之妙笔耳②。

① 阙里:孔子故里。在山东曲阜城内阙里街。因有两石阙,故名。② 黄筌:五代时西蜀画院的宫廷画家,善画花鸟,有《写生珍禽图》。

沿海多浮石,嵌空玲珑,水击之,声作钟磬,此与中国彭蠡之口石钟山相似。

闲居无可消遣,与施生弈,用琉球棋子。白者磨螺之封口石为之。内地小螺拒户有圆壳;海蝾大者①,其拒户之壳,厚五六分,径二寸许,圆白如砗磲②,土人名曰"封口石"。

① 海蝾:海螺。② 砗磲(chē qú):海洋中最大的双壳贝类,壳质厚重,两壳大小相当,内壳洁白光润,外壳呈黄褐色。可作佛珠或装饰宝石。

其俗好弈

卷五　中山记历

黑者磨苍石为之，子径六分许，圆二寸许，中凸而四周削，无正背面，不类云南子式。棋盘以木为之，厚八寸，四足，足高四寸，面刻棋路。其俗好弈，举棋无不定之说，颇亦有国手①。局终数空眼多少，不数实子，数正同。相传国中供奉棋神，画女相如仙子，不令人见，乃国中雅尚也。

①国手：指达到某领域最高水平的人，多用于围棋界。

六月初八日辰刻，正、副使恭奉谕祭文，及祭银焚帛，安放龙彩亭内。出天使馆东行，过久米村、泊村，至安里桥（即真玉桥）。世孙跪接如仪，即导引入庙。礼毕，引观先王庙。正庙七楹，正中向外，通为一龛，安奉诸王神位：左昭自舜马至尚穆①，共十六位；右穆自义本至尚敬②，共十五位。

①昭、穆：皆为儒家的宗庙制度之一，指先祖神位的摆放次序。《周礼》："辨庙祧之昭穆。"郑玄注曰："自始祖之后，父为昭，子为穆。"尚穆：琉球国第二尚氏王朝第十四代国王，1752年至1794年在位。②尚敬：琉球国第二尚氏王朝第十三代国王，1717年至1752年在位。

唐人

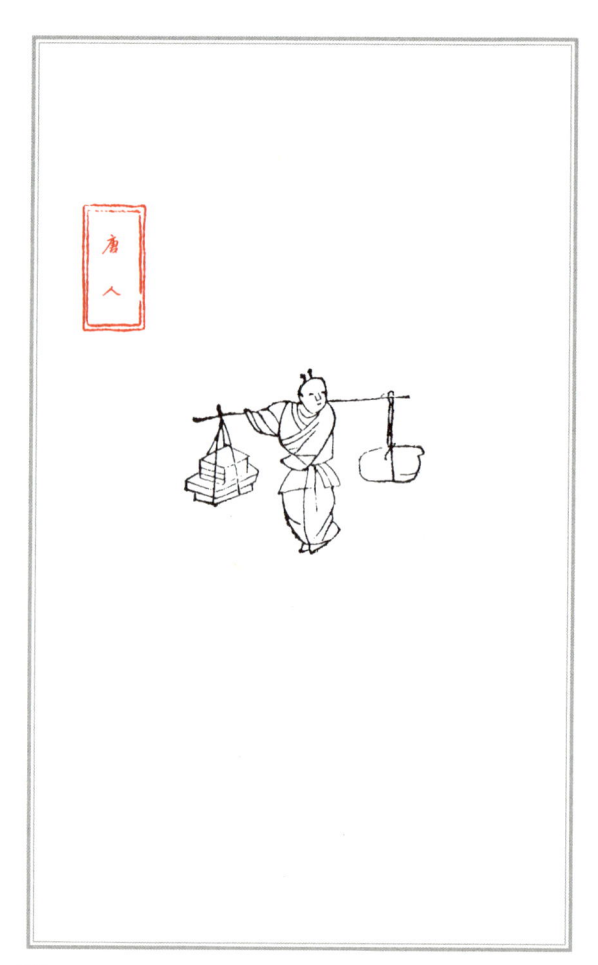

是日，球人观者，弥山匝地①，男子跪于道左②，女子聚立远观。亦有施帷挂竹帘者，土人云系贵官眷属。女皆黥首指节为饰③，甚者全黑，少者间作梅花斑。国俗不穿耳，不施脂粉，无珠翠首饰。

① 弥山匝地：漫山遍野，形容人数极多。② 道左：道路旁边。③ 黥首：在额上刺字或图纹。

人家门户，多树石敢当碣①，墙头多植吉姑罗或槔树，剪剔极齐整。国人呼中国为唐山，呼华人为唐人。球地皆土沙，雨过即可行，无泥泞。

① 石敢当：又称泰山石敢当。旧时人们在门口立的石牌或石雕武士像，刻"石敢当"三字，用以辟邪。

奥山有却金亭，前明册使陈给事侃归时却金①，故国人造亭以表之。

① 陈给事侃：陈侃，浙江宁波人，官至吏科左给事中。曾出使琉球，著有《使琉球录》。

云烟变灭

辨岳，在王宫东南三里许。过圆觉寺，从山脊行，水分左右，堪舆家谓之过峡①，中山来脉也。山大小五峰，最高者谓之辨岳。灌木密覆，前有石柱二，中置栅二，外板阁二。少左，有小石塔，左右列石案五。折而东，数十级至顶，有石垆二②：西祭山，东祭海。岳之神曰祝，祝谓是天孙氏第二女云③。国王受封，必斋戒亲祭，正、五、九月，祭山海及护国神，皆在辨岳也。

① 堪舆家：精通风水之术的人。过峡：风水学术语，指两山之间的夹缝。② 石垆：石头做的祭台。③ 天孙氏：传说中琉球国的开国之祖。

波上、雪崎，及龟山，余已游遍，而要以鹤头为最胜。随正副使往游，陟其巅①，避日而坐。草色粘天，松阴匝地。东望辨岳，秀出天半，王宫历历如画。其南，则近水如湖，远山如岸，丰见城巍然突出，山南王之旧迹犹有存者。西望马齿、姑米，出没隐见，若近若远，封舟之来路也。北俯那霸、久米，人烟辐辏②。

① 陟：攀登。② 辐辏：密集。

席地而饮

举凡山川灵异，草木阴翳，鱼鸟沉浮，云烟变灭，莫不争奇献巧，毕集目前。乃知前日之游，殊为卤莽。

梁大夫小具盘樽，席地而饮，余亦趣仆以酒肴至。未申之交，凉风乍生，微雨将洒，乃移樽登舟。时海潮正涨，沙岸弥漫，遂由奥山南麓折而东北。山石嵌空欲落，海燕如鸥，渔舟似织。俄而返照入山，冰轮山水①，文鳐无数②，飞射潮头。与介山举觞弄月，击楫而歌。樽不空，客皆醉。越渡里村，漏已三下。却金亭前，列炬如昼，迎者倦矣。乃相与步月而归，为中山第一游焉。

①冰轮：明月。②文鳐：传说中的鱼名。《山海经》说它"状如鲤鱼，鱼身而鸟翼，苍文而白首，赤喙，常行西海，游于东海，以夜飞"。

泉崎桥桥下，为漫湖浒①。每当晴夜，双门拱月，万象澄清，如玻璃世界，为中山八景之一。旺泉味甘，亦为中山八景之一。

①浒：水边。

竹丛生

王城有亭，依城望远，因小憩亭中，品瑞泉，纵观中山八景。八景者，泉崎月夜、临海潮声、久米竹篱、龙洞松涛、笋崖夕照、长虹秋霁、城岳灵泉、中岛蕉园也。亭下多棕榈紫竹，竹丛生，高三尺余，叶如棕，狭而长，即所谓观音竹也。亭南有蚶壳，长八尺许，贮水以供盥[1]，知大蚶不易得也。

[1] 盥（guàn）：浇水洗手，泛指洗漱。

国人洗漱不用汤，家竖石桩，置石盂或蚶壳其上，贮水，旁置一柄筒，晓起，以筒盛水，浇而盥漱之。客至亦然。地多草，细软如毯，有事则取新沙覆之。国人取玳瑁之甲[1]，以为长簪，传到中国，率由闽粤商贩。球人不知贵，以为贱品。昆山之旁[2]，以玉抵鹊[3]，地使然也。

[1] 玳瑁（dài mào）：一种海龟名，龟壳极为名贵，常被加工为各种装饰品。[2] 昆山：昆仑山。传说中盛产玉石之地。[3] 以玉抵鹊：用玉抛掷鹊鸟，比喻有珍贵之物而不知爱重。抵，抛掷。

浮生六记

丰见山顶，有山南王第故城。徐葆光诗有"颓垣宫阙无全瓦，荒草牛羊似破村"之句。王之子孙，今为那姓，犹聚居于此。

辻山，国人读为"失山"。琉球字皆对音①，"十""失"无别，疑"迭"之误也。副使辑《球雅》，谓一字作二三字读，二三字作一字读者，皆义而非音，即所谓寄语，国人尽知之。音则合百余字或十余字为一音，与中国音迥异。国中惟读书通文理者，乃知对音，庶民皆不知也。

① 对音：指用非汉语文字拼写或音译汉语读音，或用汉语音译非汉语文献。

久米官之子弟，能言，教以汉语；能书，教以汉文。十岁称若秀才，王给米一石。十五薙发①，先谒孔圣，次谒国王；王籍其名，谓之秀才，给米三石。长则选为通事②，为国中文物声名最，即明三十六姓后裔也。那霸人以商为业，多富室。

① 薙发：即剃发。 ② 通事：古代对翻译人员的称呼。

明洪武初，赐闽人三十六姓善操舟者，往来朝贡。国中久米村，梁、蔡、毛、郑、陈、曾、阮、金等姓，乃三十六姓之裔，至今国人重之。

与寄公谈玄理，颇有入悟处，遂与唱和成诗。法司蔡温、紫金大夫程顺则、蔡文溥，三人集诗，有作者气①。顺则别著《航海指南》，言渡海事甚悉。蔡温尤肆力于古文②，有《蓑翁语录》《至言》等目，语根经学，有道学气③。出入二氏之学④，盖学朱子而未纯者⑤。

①作者：指思想雅正、文笔高超的文人。②肆力：尽力，努力。③道学：程朱理学的别称。④二氏：指佛、道二家。⑤朱子：对朱熹的尊称。

琉球山多瘠硗①，独宜薯。父老相传，受封之岁，必有丰年。今岁五月稍旱，幸自后雨不愆期②，卒获大丰，薯可四收。海邦臣民，倍觉欢欣。佥曰③："非受封岁，无此丰年也。"

①瘠硗（qiāo）：贫瘠多山石。谓土地坚硬不肥沃。②愆（qiān）期：拖延日期，耽误日期。③佥：都，全部。

303

六月初旬,稻谷尽收。球阳地气温暖,稻常早熟,种以十一月,收以五、六月。薯则四时皆种,三熟为丰,四熟则为大丰。稻田少,薯田多,国人以薯为命,米则王官始得食。亦有麦豆①,所产不多。五月二十日,国中祭稻神。此祭未行,稻虽登场,不敢入家也。

① 麦豆:指豌豆。

七月初旬,始见燕,不巢人屋。中国燕以八月归,此燕疑未入中国者;其来以七月,巢必有地。别有所谓海燕,较紫燕稍大,而白其羽,有全白似鸥者。多巢岛中,间有至中国,人皆以为瑞。应潮鸡,雄纯黑,雌纯白,皆短足长尾,驯不避人。香厓购一小犬,而毛豹斑,性灵警,与饭不食,与薯乃食,知人皆食薯矣。鼠雀最多,而鼠尤虐。亦有猫,不知捕鼠,邦人以为玩。乃知物性亦随地而变。鹰、雁、鹅、鸭特少。

枕有方如圭者,有圆如轮而连以细轴者,有如文具藏数层者,制特精,皆以木为之。率宽三寸,高五寸;漆其外,或黑或朱。立而枕之,反侧则仆①。

① 仆:倒下。

卷五 中山记历

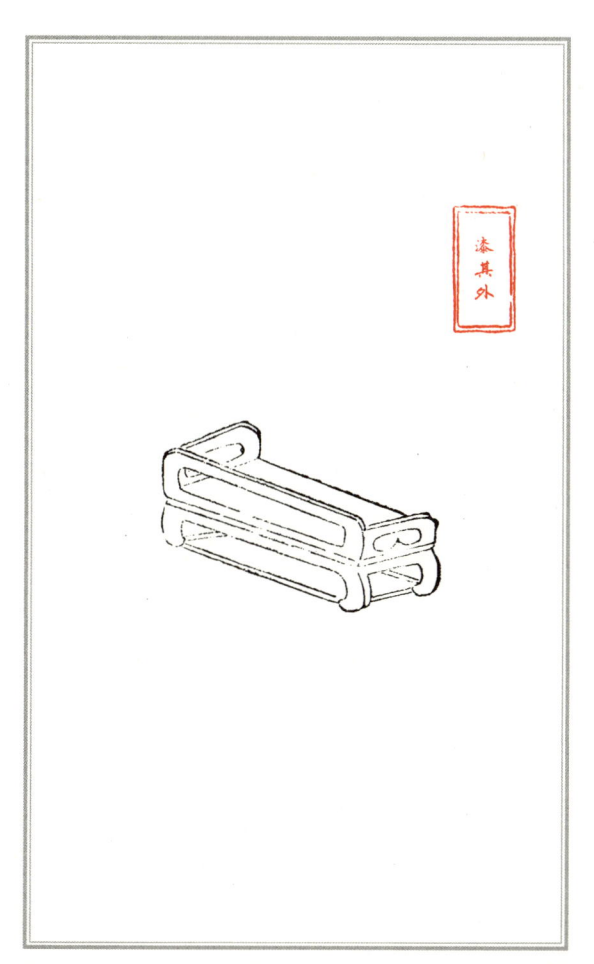

漆其外

按《礼记·少仪》注："颖，警枕也。谓之颖者，颖然警悟也。"又司马文正公以圆木为警枕[1]，少睡则转而觉，乃起读书。此殆警枕之遗。

[1] 司马文正公：即北宋政治家、史学家、文学家司马光。谥号文正，故称。

衣制皆宽博交衽[1]，袖广二尺，口皆不缉[2]，特短袂，以便作事。襟率无钮带，总名衾。男束大带，长丈六尺，宽四寸以为度；腰围四五转，而收其垂于两胁间。烟包、纸袋、小刀、梳、篦之属，皆怀之，故胸前襟带挡起凸然[3]。其胁下不缝者，惟幼童及僧衣为然。僧别有短衣如背心，谓之断俗。此其概也。

[1] 宽博：指衣服宽大的样子。衽：衣襟。[2] 缉：缝住衣服下面的边。[3] 挡（chōu）：束紧。

帽以薄木片为骨，叠帕而蒙之，前七层，后十一层。花锦帽，远望如屋漏痕者[1]，品最贵，惟摄政、王叔、国相得冠之。次品花紫帽，法司冠之。其次则纯紫。大略紫为贵，黄次之，红又次之，青绿斯下[2]。

① 屋漏痕：本指求法术语，这里指蜿蜒缓折的曲线。
② 斯下：最下等。

各色又以绫为贵，绢为次。国王未受封时，戴乌纱帽。双翅，侧冲上向，盘金，朱缨垂额，下束五色绦。至是冠皮弁①，状如中国梨园演王者便帽②，前直列花瓣七，衣蟒腰玉。肩舆如中国饼轿，中置大椅，上施大盖，无帷幔③，辕粗而长④，无绊⑤，无横木，以八人左右肩之而行。

① 弁（biàn）：帽子。② 梨园：戏班子。③ 帷幔：用布或纱做成的围帐。④ 辕：指轿子两侧的直木。⑤ 绊：轿子用的绳子。

杜氏《通典》载琉球国俗①，谓妇人产必食子衣②，以火自炙，令汗出。余举以问杨文凤："然乎？"对曰："火炙诚有之，食衣则否。"即今中山已无火炙俗，惟北山犹未尽改。

① 杜氏：唐代史学家杜佑，字君卿，陕西西安人。其《通典》是我国第一部专门记载典章制度的史书。② 子衣：胎衣。

风俗

嫁娶之礼,固陋已甚。世家亦有以酒肴珠贝为聘者。婚时即用本国轿,结彩鼓乐而迎;不计妆奁①,父母送至夫家即返;不宴客,至亲具酒贺②,不过数人。《隋书》云"琉球风俗,男女相悦,便相匹偶",盖其旧俗也。

①妆奁:原指女子梳妆打扮时所用的镜匣。后泛指随出嫁女子带往男家的嫁妆。②具酒:指准备酒宴。

询之郑得功,郑得功曰:"三十六姓初来时,俗尚未改。后渐知婚礼,此俗遂革①。今国中有夫之妇,犯奸即杀。"余始悟琉球所以号守礼之国者,亦由三十六姓教化之力也。

①革:革除,改变。

小民有丧,则邻里聚送,观者护丧,掩毕即归①。宦家则同官相知者,亦来送柩。出即归,大都不宴客。

①掩:埋葬。

此邦之人

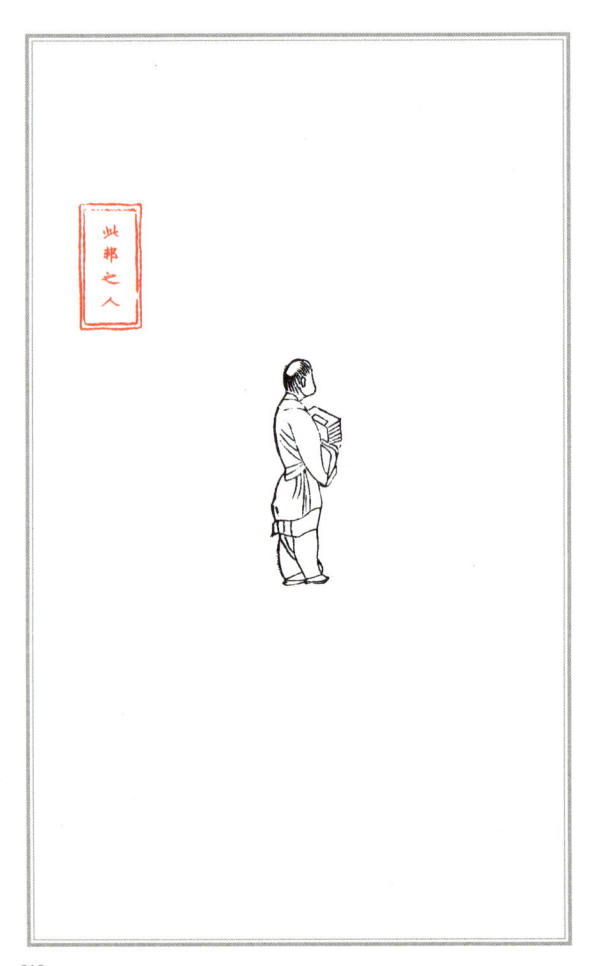

题主官率皆用僧①,男书"圆寂大禅定"②,女书"禅定尼",无考妣称③。近日宦家亦有书官爵者。棺制三尺,屈身而殓之。近宦家亦有长五六尺者,民则仍旧。

① 题主:旧时丧礼,人死后立一木牌,上写死者衔名,用墨笔先写上"某某之神王",出殡之前请有名望的人用朱笔在"王"字上加点成为"主",谓之题主。② 圆寂:佛教语,原意为诸德圆满,诸恶寂灭。后将佛教徒的死亡称为圆寂。禅定:佛教修行方法,通过静坐,达到身心安稳、观照明净的境界。此处意指永恒的寂静。③ 考妣:对已经去世的父母的称呼。

此邦之人,肘比华人稍短,《朝野佥载》亦谓人形短小似昆仑①。余所见士大夫短小者固多,亦有修髯丰颐者②、颀而长者、胖而腹腰十围者,前言似未足信。人体多狐臭,古所谓愠䘛也③。

① 昆仑:即昆仑奴,中国古代用以称呼来自东南亚一带的奴仆,其人肤色较黑,身材短小。② 修髯:长长的胡须。③ 愠䘛(yùn dī):腋下散发出的恶臭。俗称狐臭。

世禄之家皆赐姓①。士庶率以田地为姓,更无名,其后裔则云某氏之子孙几男。所谓田、米,私姓也。

① 世禄:世代享有爵禄。

国中兵刑惟三章:杀人者死,伤人及重罪徒①,轻罪罚日中晒之。计罪而定其日,国中数年无斩犯;间有犯斩罪者,又率引刀自剖腹死。

① 徒:服劳役。

七月十五夜,开窗见人家门外,皆列火炬二。询之土人,云:国俗于十五日盆祭,预期迎神,祭后乃去之。盆祭者,中国所谓盂兰会也①。连日见市上小儿各手一纸幡②,对立招展,作迎神状。知国俗盆祭祀先,亦大祭矣。

① 盂兰会:佛教超度亡灵的法会,通常也是祭祀祖先的日子,在农历七月十五。② 幡:一种用竹竿等挑起来垂直挂着的长条形旗子。

龟山南岸有窑,国人取车螯大蚶之壳以煅①,塈灰壁不及石灰②,而粘过者。再东北有池,为国人煮盐处。

① 车螯:又称"车熬",一种生活在海洋中的蛤。
② 塈(jì):涂抹。

七月二十五日,正副使行册封礼,途中观者益众。上万松岭,迤逦而东①。衢道修广②,有坊③,榜曰"中山道"。又进一坊,榜曰"守礼之邦"。世孙戴皮弁,服蟒衣,腰玉带,垂裳结佩,率百官跪迎道左。更进为欢会门,踞山巅,叠礁石为城,削磨如壁,有鸟道,无雉堞④,高五尺以上,远望如聚髑髅。始悟《隋书》所谓王居多聚髑髅于其下者,乃远望误于形似,实未至城下也。城外石崖,左镌"龙冈"字,右镌"虎崒"字。王宫西向,以中国在海西,表忠顺面向之意。

① 迤逦(yǐ lǐ):曲曲折折。② 衢道:四通八达的大道。修广:宽阔且悠长。③ 坊:指交通要道前的标志性大门,多为石制建筑。④ 雉堞(dié):城上的短墙,也泛指城墙。

绕以朱栏

后东向为继世门，左南向为水门，右北向为久庆门。再进层崖，有门西北向，曰瑞泉，左右甬道，有左掖、右掖二门。更进有漏西向，榜曰"刻漏"，上设铜壶漏水。更进有门西北向，为奉神门，即王府门也。殿廷方广十数亩，分砌二道，由甬道进至阙廷[①]，为王听政之所。壁悬伏羲画卦像，龙马负图立其前，绢色苍古，微有剥蚀，殆非近代物。

① 阙廷：处理国家大事的朝堂。

北宫殿屋固朴，屋举手可接，以处山冈，且阻海飓。面对为南宫。此日正副使宴于北宫。大礼既成，通国欢忭[①]。闻国王经行处，悉有彩饰。泉崎道旁，列盆花异卉，绕以朱栏，中刻木作麒麟形，题曰："非龙非彪，非熊非罴，王者之瑞兽。"

① 欢忭（biàn）：欢快，高兴。

天妃宫前，植大松六，叠假山四，作白鹤二，生子母鹿三；池上结棚，覆以松枝，松子垂如葡萄；池中刻木鲤大小五，令浮水面。

环池以竹,栏旁有坊,曰偕乐坊。柱悬一板,题曰:"鹿濯濯[1],鸟鹤鹤[2],牣鱼跃[3]。"归而述诸副使,副使曰:"此皆《志略》所载,事隔数十年,一字不易,可谓印板文字矣。"从客皆笑。

[1] 濯(zhuó)濯:肥壮有光泽的样子。
[2] 鹤(hè)鹤:羽毛洁白润泽的样子。[3] 牣(rèn):充满。以上三句皆出自《诗经》,本用以称赞文王的园林。

宜野湾县有龟寿者,事继母以孝,国人莫不闻。母爱所生子,而短龟寿于其父伊佐前[1],且不食以激其怒。伊佐惑之,欲死龟寿,将令深夜汲北宫[2],要而杀之[3]。仆匿龟寿于家,往谏伊佐,伊佐缚而放之。且谓事已露,不可杀,乃逐龟寿。龟寿既被放,欲自尽,又恐张母恶[4]。值天雨雹,病不支,僵卧于路。巡官见之,近而抚其体犹温,知未死,覆以己衣,渐苏。

[1] 短:说坏话。[2] 汲:从井里打水。[3] 要:在中途拦住。
[4] 张:暴露。

浮生六记

徐诘其故①,龟寿不欲扬父母之恶,饰词告之②。初,巡官闻孝子龟寿被教,意不平。至是见言语支吾③,疑即龟寿。赐衣食令去,密访得其状。乃传集村人,系伊佐妻至,数其罪而监之。将告于王,龟寿愿以身代。巡官不忍伤孝子心,召伊佐夫妇面谕之。

①徐诘:慢慢询问。②饰词:编造言辞,说假话。③支吾:指说话躲躲闪闪,闪烁其词。

妇感悟,卒为母子如初。副使既为之记,余复为诗以表章之。

诗云:"轺轩问俗到球阳①,潜德端须为阐扬。诚孝由来能感格②,何殊闵损与王祥③。"以为事继母而不能尽孝者劝。

①轺轩:古代使者出使远方乘坐的车子,代指使臣。②感格:感动、感化他人。③闵损:孔子的弟子闵子骞,有"芦衣顺母"的故事。王祥,西晋大臣,有"王祥卧冰"的美谈。两人都曾遭继母虐待,但孝行不改,最终感化继母。

木器

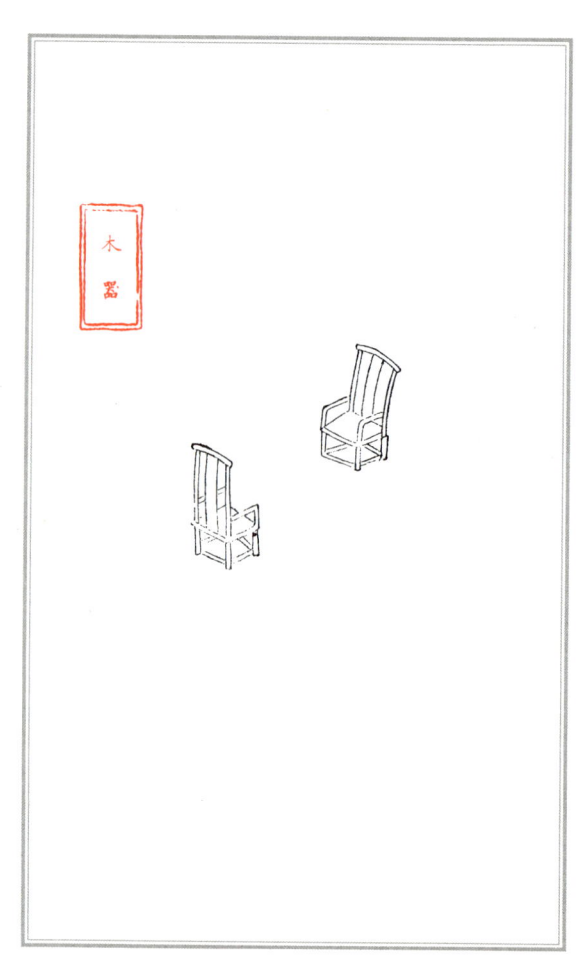

经迭山墟,方集①,因步行集中。观所市物,薯为多,亦有鱼、盐、酒、菜、陶、木器、蕉苎、土布,粗恶无足观者。国无肆店②,率业于其家。市货以有易无③,不用银钱。

①方:刚刚。集:集市贸易。②肆店:店铺。③市货:购买货物。

闻国中率用日本宽永钱①,比来亦不见。昨香厓携示串钱,环如鹅眼,无轮廓,贯以绳,积长三寸许,连四贯而合之,封以纸,上有钤记②。此球人新制钱,每封当大钱十。盖国中钱少,宽永钱铜质较美,恐或有人买去,故收藏之,特制此钱应用。市中无钱以此。

①宽永钱:即宽永通宝,是日本宽永年间铸造的一种钱币,也是日本历史上铸量最大、铸期最长、版别最多的一种钱币。清朝中期也曾在中国东南沿海流行。
②钤(qián)记:图章。

国中男逸女劳,无有肩担背负者。趋集、织纫,及采薪、运水,皆妇人主之,凡物皆戴之顶。

女衣既无钮无带,又不束腰,而国俗男女皆无绔①,势须以手曳襟②。襟较男衣长,叠襟下为两层,风不得开。因悟髻必偏坠者,以手既曳襟,须空其顶以戴物。童而习之,虽重百斤,登山涉涧,无倾侧。是国中第一绝技也。其动作时,常卷两袖至背,贯绳而束之。发垢辄洗,洗用泥;脱衣结于腰,赤身低头,见人亦不避。抱儿惟一手,又置腰间,即藉以曳襟。

① 绔:裤子。② 曳:拉住。

东苑在崎山,出欢会门,折而北。逐瑞泉下流,至龙渊桥,汇而为池,广可十丈,长可数十丈,捍以堤①,曰龙潭。水清鱼可数,荷叶半倒。

① 捍:保卫,保护。

再折而东,有小村,篠屏修整①,松盖阴翳,薄云补林,微风啸竹。园外已极幽趣。

① 篠(xiǎo):细竹子。

卷五 中山记历

茅屋参差

入门，板亭二，南向。更进而南，屋三楹，亭东有阜如覆盂。折而南，有岩西向，上镌梵字[1]。下蹲石狮一，饰以五彩。再下，有小方池，凿石为龙首，泉从口出。有金鱼池，前竹万竿，后松百挺。再东，为望仙阁。前有东苑阁，后为能仁堂。东北望海，西南望山。国中形胜，此为第一。

[1] 梵字：梵文。

南苑之胜，亦不减于东苑。越中马富盛，折而东，循行阡陌间，水田漠漠[1]，番薯油油，绝无秋景。薯有新种者，问知已三收矣。再入山，松阴夹道，茅屋参差，田家之景可画。计十余里，始入苑村，名姑场川，即同乐苑也。苑踞山脊，轩五楹，夹室为复阁，颇曲折。轩前有池，新凿，狭而东西长，叠礁为桥。桥南新阜累累[2]，因阜以为亭，宜远眺。亭东植奇花异卉。有花绝类蝴蝶，绛红色，叶如嫩槐，曰蝴蝶花；有松叶如白毛，曰白发松。

[1] 漠漠：广阔，辽阔。[2] 阜：低矮的土山。累累：众多。

池东旧有亭圮①,以布代之。池西有阁,颇轩敞②,四面风来,宜纳凉。有阁曰迎晖,有亭曰一览,即正副使所题也。轩北有松,有凤蕉,有桃,有柳。黄昏举烟火,略同中国。

①圮(pǐ):倒塌,破败。②轩敞:开阔,宽敞。

余偕寄尘游波上。板阁无他神,惟挂铜片幡,上凿"奉寄御币"字,后署云"元和二年壬戌"①。或疑为唐时物,非也。按,元和二年为丁亥,非壬戌也。日本马场信武撰《八卦通变指南》,内列"三元指掌",云:"上元起永禄七年甲子,止元和三年癸亥;如元起宽永元年甲子,止元和三年癸亥;下元起贞亨元年甲子。今元禄十六年癸未。"国中既行宽永钱,证以元和日本僭号②,知琉球旧曾奉日本正朔③,今讳言之欤?

①元和:和下文的永禄、贞亨皆是日本年号。②僭号:指超越本分的年号。③正朔:古时新立帝王颁行的新历法,奉正朔表示承认正统地位。

浮生六记

纸鸢

纸鸢制无精巧者，儿童多立屋上放之。按中国多放于清明前，义取张口仰视，宣导阳气①，令儿少疾；今放于九月，以非九月纸鸢不能上，则风力与中国异，即此可验球阳气暖，故能十月种稻。

① 宣导：疏通，引导。

国俗男欲为僧者，听。既受戒，有廪给①。有犯戒者，饬令还俗②，放之别岛。女子愿为土妓者亦听，接交外客，女之兄弟仍与外客叙亲往来，然率皆贫民，故不以为耻。若已嫁夫而复敢犯奸者，许女之父兄自杀之，不以告王。即告王，王亦不赦。此国中良贱之大防，所以重廉耻也。

① 廪给：指国家给予粮食。② 饬令：勒令，严令。

此邦有红衣妓，与之言，不解，按拍清歌①，皆方言也。然风韵亦正有佳者，殆不减愁园。

① 按拍：打着节拍。清歌：指唱歌时不用乐器伴奏。

近忽因事他迁,以扇索诗,因题二诗以赠之。诗云:"芳龄二八最风流,楚楚腰身剪剪眸[①]。手抱琵琶浑不语,似曾相识在苏州。""新愁旧恨感千端,再见真如隔世难。可惜今宵好明月,与谁共卷绣帘看?"

① 楚楚:娇弱纤细的样子。剪剪:灵动的样子。

国人率恭谨,有所受,必高举为礼,有所敬,则俯身搓手而后膜拜。劝尊者酒,酌而置杯于指尖以为敬,平等则置手心。

此邦屋俱不高,瓦必瓹[①],以避飓也。地板必去地三尺,以避湿也。屋脊四出,如八角亭,四面接修,更无重构复室,以省材也。屋无门户,上限刻双沟,设方格,糊以纸,左右推移,更不设暗闩[②],利省便,恃无盗也。临街则设矣。神龛置青石于炉,实以沙,祀祖神也。国以石为神,无传真也。瓦上瓦狮,《隋书》所谓兽头骨角也。

① 瓹(tóng):同"瓨",圆筒形的覆瓦。② 闩(shuān):横插在门后的棍子。

浮生六记

壁无粉墁①,示朴也。贵家间有糊砑粉花笺,习华风②,渐奢也。

① 墁:涂抹,粉饰。② 华风:中国习俗。

龟山有峰独出,与众山绝,前附小峰,离约二丈许。邦人驾石为洞,连二山,高十丈余,结布幔于洞东。不憩,拾级而登,行洞上又十余级,乃陟巅。巅恰容一楼,楼无名,四面轩豁,无户牖。

副使谓余曰:"兹楼俯中山之全势,不可无名。"因名之曰蜀楼,并为之跋曰:"蜀者何?独也。楼何以蜀名?以其踞独山也。不曰独而曰蜀者,以副使为蜀人,楼构已百年,而副使乃名之,若有待也。"楼左瞰青畴①,右扶苍石,后临大海,前揖中山,坐其中以望,若建瓴焉②。余又请于副使曰:"额不可无联。"副使因书前四语付之。归路循海而西,崖洞溪壑皆奇峭,是又一胜游矣。

① 青畴:青青的原野。② 建瓴(líng):"建瓴水"的省称,指倾倒瓶中之水,形容居高临下、无所阻挡的形势。

群马争驰

越南山,度丝满村,人家皆面海,奇石林立。遵海而西①,有山,翠色攒空,石骨穿海,曰沙岳。时午潮初退,白石邻邻②,群马争驰,飞溅如雨。再西,度大岭村,丛棘为篱③,鱼网数百晒其上。

① 遵海:沿着海岸。② 邻邻:众多的样子。③ 丛棘:丛生的荆棘。

村外水田漠漠①,泥淖陷马②。有牛放于冈,汪《录》谓马耕无牛③,今不尽然也。

① 漠漠:广阔而寂静的样子。② 泥淖(nào):泥泞的低洼地。③ 汪《录》:指汪楫的《使琉球录》。

本岛能中山语者,给黄帽,为酋长,岁遣亲云上监抚之①,名奉行官,主其赋讼。各赋其土之宜,以贡于王。间切者,外府之谓。首里、泊、久来、那霸四府为王畿②,故不设,此外皆设。

① 亲云上:琉球国对三品至七品官员的尊称。② 王畿:首都直接管理的地区。

职在亲民，察其村之利弊，而报于亲云上。间切，略如中国知府。中山属府十四，间切十，山南省属府十二，山北省属府九，间切如其府数。

国俗自八月初十至十五日，并蒸米，拌赤小豆为饭相饷，以祭月，风同中国。是夜，正副使邀从客露饮①，月光澄水，天色拖蓝，风寂动息，潮声杂丝肉声自远而至②，恍置身三山③，听子晋吹笙④，麻姑度曲⑤，万缘俱静矣。

①露饮：在室外饮酒。②丝肉声：指乐声和歌声。③三山：传说中的三座神山，分别是蓬莱、方壶、瀛洲。④子晋：即王子乔。相传他是周灵王的太子，喜欢吹笙作凤凰鸣，后飞升成仙。⑤麻姑：神话传说中的女神。

宇宙之大，同此一月。回忆昔日萧爽楼中，良宵美景，轻轻放过，今则天各一方，能无对月而兴怀乎？

世传八月十八日，为潮生辰。国俗，于是夜候潮波上。子刻，偕寄尘至波上，草如碧毯，沾露愈滑，扶仆行，凭垣倚石而坐。

卷五 中山记历

草如碧毯

丑刻,潮始至,若云峰万叠,卷海飞来。须臾①,腥气大盛,水怪拷风,金蛇掣电②,天柱欲折,地轴暗摇,雪浪溅衣,直高百尺,未敢遽窥鲛宫③,已若有推而起之者。迷离惝恍④,千态万状。

① 须臾:不一会儿。② 金蛇:形容雷电的闪光。③ 鲛宫:传说中鲛人在水中的居室。④ 迷离惝(chǎng)恍:形容模糊而难以分辨清楚。

观此,乃知枚乘《七发》①,犹形容未尽也。

① 枚乘:西汉辞赋家。《七发》:枚乘辞赋的代表作,其中有关于观潮场面的壮阔描写。

潮既退,始闻噌吰之声出礁石间①。徐步至护国寺,尚似有雷霆震耳。潮至此,观止矣②。

① 噌吰(chēng hóng):形容声音洪亮。② 观止:指看到的事物已经美好到了极点。

卷五　中山记历

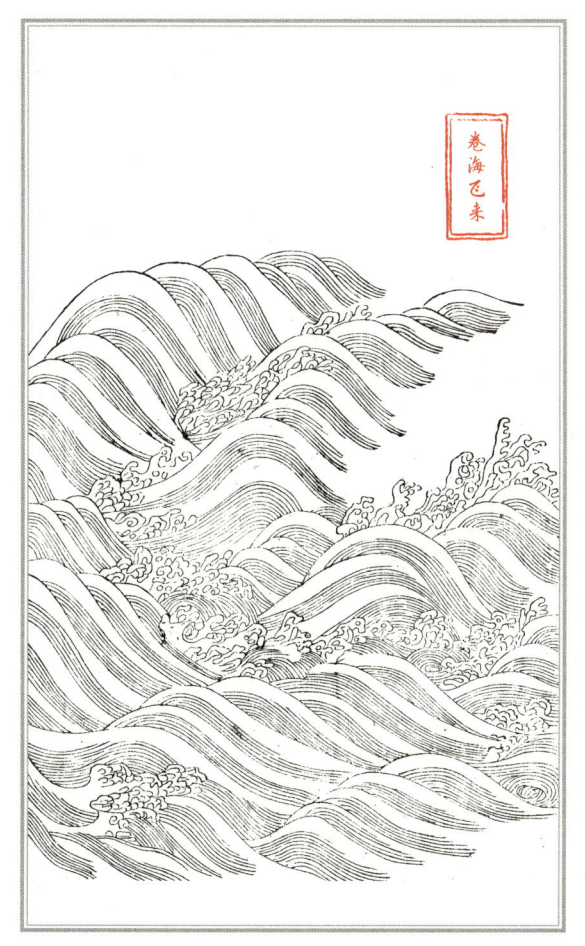

元旦至六日,贺节①。初五日,迎灶②。二月,祭麦神。十二日,浚井③,汲新水,俗谓之洗百病。三月三日,作艾糕④。

①贺节:庆贺新年。②迎灶:迎接灶神。③浚:疏通,深挖。④艾糕:用艾草制成的糕点。

五月五日,竞渡。六月六日,国中作六月节,家家蒸糯米,为饭相饷。十二月八日,作糯米糕,层裹棕叶,蒸以相饷,名曰鬼饼。二十四日,送灶。正、三、五、九为吉月,妇女率游海畔,拜水神祈福;逢朔日,群汲新水献神。此其略也。余独疑国俗敬佛,而不知四月八日为佛诞辰;腊八鬼饼如角黍①,而不知七宝粥②。

①角黍:粽子。②七宝粥:即腊八粥。

国王送菊二十余盆,花叶并茂,根际皆以竹签标名。内三种尤异类:一名金锦,朵兼红、黄、白三色,小而繁,灿如列星;一名重宝,瓣如莲而小,色淡红;一名素球,瓣宽,不类菊,重叠千层,白如雪,皆所未见者。

卷五 中山记历

洗百病

媵之以诗①，诗云："陶篱韩圃多秋色②，未必当年有此花。似汝幽姿真可惜，移根无路到中华。"

> ① 媵（yìng）：送。② 陶篱：陶渊明的东篱。典出陶渊明《饮酒》："采菊东篱下，悠然见南山。"韩圃：晚唐诗人韩偓的园圃。

见狮子舞，布为身，皮为头，丝为尾，剪彩如毛饰其外，头尾口眼皆活，镀睛贴齿。两人居其中，俯仰跳跃，相驯狎欢腾状①。余曰："此近古乐矣。"按《旧唐书·音乐志》，后周武帝时②，造太平乐③，亦谓之五方狮子舞。

> ① 相：装扮，表演。② 后周武帝：即北周武帝宇文邕。在位时间为560年至578年。③ 太平乐：在宫廷表演的一种狮子舞蹈。

白乐天《西凉妓》云："假面夷人弄狮子，刻木为头丝作尾。金镀眼睛银贴齿，奋迅毛衣罢双耳。"即此舞也。

卷五 中山记历

此邦有所谓踏柁戏者，横木以为梁，高四尺余，复置板而横之，长丈有二尺，虚其两端，均力焉。夷女二，结束衣彩①，赤双足，各手一巾，对立相视而歌；歌未竟，跃立两端。稍作低昂，势若水碓之起伏②，渐起渐高。

① 结束：装束，打扮。② 水碓（duì）：古代用水力舂米的机械。

东者陡落而激之，则西飞起三丈余，翩翩若轻燕之舞于空也。西者落而陡激之，则东者复起，又如鸷鸟之直上青云也①。叠相起伏，愈激愈疾，几若山鸡舞镜②，不复辨其孰为影，孰为形焉。俄焉，势渐衰，机渐缓，板末乃安，齐跃而下，整衣而立。终戏，无虚蹈方寸者。技至此绝矣。

① 鸷（zhì）鸟：一种猛禽。② 山鸡舞镜：语出南朝刘敬叔《异苑》："山鸡爱其毛羽，映水则舞。魏武时，南方献之。帝欲其鸣舞而无由。公子苍舒令置大镜其前，鸡鉴形而舞，不知止。"后用以指自我欣赏，这里用其本意，指纷繁错乱的舞姿。

卷五　中山記歷

戲者

接送宾客颇真率，无揖让之烦①。客至不迎，随意坐；主人即具烟架、火炉、竹筒、木匣各一，横烟管其上，匣以烟，筒以弃灰也。遇所敬客，乃烹茶；以细末粉少许杂茶末，入沸水半瓯，搅以小竹帚，以沫满瓯面为度。客去，亦不送。贵官劝客，常以箸蘸浆少许，纳客唇以为敬。烧酒着黄糖则名福②，着白糖则名寿，亦劝客之一贵品也。

① 揖让：作揖谦让，泛指繁文缛节。② 黄糖：红糖。

重阳具龙舟竞渡于龙潭。琉球亦于五月竞渡，重阳之戏，专为宴天使而设。因成三诗以志之，诗云："故园辜负菊花黄，万里迢迢在异乡。舟泛龙潭看竞渡，重阳错认作端阳①。""去年秋在洞庭湾，亲摘黄花插翠鬟②。今日登高来海外，累伊独上望夫山。""待将风信泛归槎，犹及初冬好到家。已误霜前开菊宴，还期雪里访梅花。"

① 端阳：端午节。② 黄花：菊花。

卷五　中山记历

闻程顺则曾于津门购得宋朱文公墨迹十四字①，今其后裔犹宝之。借观不得，因至其家。开卷，见笔势森严，如奇峰怪石，有岩岩不可犯之色②。想见当日道学气象。字径八寸以上，文曰："香飞翰苑围川野，春报南桥叠萃新。"后有名款，无岁月。文公墨迹流传世间者，莫不宝而藏之。盖其所就者大，笔墨乃其余事，而能自成一家言如此。知古人学力，无所不至也。

① 朱文公：即朱熹，因其谥号为文公，故称。② 岩岩：威严。

　　又游蔡清派家祠。祠内供蔡君谟画像①，并出君谟墨迹见示，知为君谟的派②，由明初至琉球，为三十六姓之一。清派能汉语，人亦倜傥③。由祠至其家，花木俱有清致，池圆如月，为额其室曰"月波大屋"④。

① 蔡君谟：即蔡襄，字君谟，福建兴化人。北宋著名书法家。② 的派：即嫡派，直系后裔。③ 倜傥：洒脱，不拘束。④ 额：在匾上题词。

大抵球人工剪剔树木，叠砌假山，故士大夫家率有丘壑以供游览。庭中树长竿，上置小木舟，长二尺，桅舵帆橹皆备。首尾风轮五叶，挂色旗以候风。渡海之家，率预计归期。南风至，则合家欢喜，谓行人当归，归则撤之。即古五两旗遗意①。

① 五两旗：用以测算风向、风速的旗帜。古代将五两鸡毛悬于船上的高竿上，用以观测风向，故名。

国王有墨长五寸，宽二寸。有老坑端砚①，长一尺，宽六寸，有"永乐四年"字；砚背有"七年四月东坡居士留赠潘邠老"字②。问知为前明受赐物。国中有东坡诗集，知王不但宝其砚矣。

① 老坑：年代久远、产量大且材质精美的石材坑口。端砚：产于广东肇庆的砚台，为中华名砚。② 潘邠老：北宋诗人潘大临，字邠老，湖北黄冈人。

棉纸、清纸，皆以谷皮为之，恶不中书者①。

① 恶：粗劣。中：堪，能够。

有护书纸,大者佳,高可三尺许,阔二尺,白如玉;小者减其半。亦有印花诗笺,可作札。别有围屏纸,则糊壁用矣。徐葆光《球纸》诗云:"冷金入手白于练,侧理海涛凝一片。昆刀截截径尺方①,叠雪千层无羃面②。"形容殆尽。

① 昆刀:即昆吾刀,古代名刀。② 羃:古同"幂",覆盖。

南炮台间,有碑二:一,正书①,剥蚀甚微②,"奉书造"三字;一,其国学书。前朝嘉靖二十一年建,惟不能尽识。其笔力正自遒劲飞舞③。

① 正书:楷书。② 剥蚀:风化剥落。③ 遒(qiú)劲:刚劲有力。

有木曰山米,又名野麻姑,叶可染,子如女贞①,味酸,土人榨以为醋。球醋纯白,不甚酸,供者以为米醋,味不类,或即此果所榨欤?

① 女贞:冬青树的果实,可入药。

卷五 中山记历

印花诗笺

席地坐，以东为上，设毡。食皆小盘，方盈尺，着两板为脚，高八寸许。肴凡四进，各盘贮而不相共。三进皆附以饭，至四肴乃进酒二，不过三巡①。每进肴止一盘，必撤前肴而后进其次。肴饭用油煎面果，次肴饭用炒米花，三肴用饭。每供肴酒，主人必亲手高举，置客前，俯身搓手而退。终席，主人不陪，以为至敬。此球人宴会尊客之礼，平等乃对饮。大要球俗，席皆坐地，无椅桌之用，食具如古俎豆②，肴尽干制，无所用勺。虽贵官家食，不过一肴、一饭、一箸；箸多削新柳为之。即妻子不同食，犹有古人之遗风焉。

① 三巡：斟酒三次。② 俎（zǔ）豆：俎和豆，古代祭祀、宴会时所用的两种器皿。

使院敷命堂后，旧有二榜。一书前明册使姓名：洪武五年，封中山王察度，使行人汤载；永乐二年，封武宁，使行人时中；洪熙元年，封巴志，使中官柴山；正统七年，封尚忠，使给事中俞忭，行人刘逊；十三年，封尚思达，使给事中陈传，行人万祥；景泰二年，封尚景福，使给事中乔毅，行人童守宏；六年，封尚泰久，使给事中严诚，行人刘俭；天顺六年，封尚德，使吏科给事中潘荣，行人蔡哲；成化六年，封尚圆，使兵科给事中官荣，行人韩文；十三年，封尚真，使兵科给事中董旻，行人司司副张祥；嘉靖七年，封尚清，使吏科给事中陈侃，行人高澄；四十一年，封尚元，使吏科左给事中郭汝霖，行人李际春；万历四年，封尚永，使户科左给事中萧崇业，行人谢杰；二十九年，封尚宁，使兵科右给事中夏子阳，行人王士正；崇祯元年，封尚丰，使户科左给事中杜三策，行人司司正杨伦。凡十五次，二十七人。柴山以前，无副也。一书本朝册使姓名：康熙二年，封尚质，使兵科副理官张学礼，行人王垓；二十一年，封尚贞，使翰林院检讨汪楫，内阁中书舍人林麟焻；五十八年，封尚敬，使翰林院检讨海宝，翰林院编修徐葆光；乾隆二十一年，封尚穆，使翰林院侍讲全魁，翰林院编修周煌。凡四次，共八人。

清明后，南风为常。霜降后，南北风为常。反是，飓飚将作。正、二、三月多飓，五、六、七、八月多飚。飚骤发而倏止①，飓渐作而多日。九月北风或连月，俗称九降风，间有飚起，亦骤如飚。遇飓犹可，遇飚难当。十月后多北风，飓飚无定期，舟人视风隙以来往。凡飓将至，天色有黑点，急收帆，严舵以待，迟则不及，或至倾覆。飚将至，天边断虹若片帆，曰破帆；稍及半天如鲎尾②，曰屈鲎。若见北方尤虐。又海面骤变，多秽如米糠，及海蛇浮游，或红蜻蜓飞绕，皆飓风征。

① 倏：突然。② 鲎（hòu）：一种生活在海洋中的甲壳类节肢动物。

自来球阳，忽已半年，东风不来，欲归无计。十月二十五日，乃始扬帆返国。至二十九日，见温州南杞山。少顷，见北杞山，有船数十只泊焉。舟人皆喜，以为此必迎护船也。守备登后艄以望，惊报曰："泊者贼船也。"又报："贼船皆扬帆矣。"未几，贼船十六只，吆喝而来。我船从舵门放子母炮①，立毙四人，击喝者堕海。贼退。

① 子母炮：明清时代常用轻型火炮，改进自葡萄牙的佛朗机炮，由一门母炮和若干子炮组成，故称子母炮。

枪并发，又毙六人；复以炮击之，毙五人。稍进，又击之，复毙四人。乃退去。其时，贼船已占上风，暗移子母炮至舵右舷边，连毙贼十二人，焚其头篷，皆转舵而退。中有二船较大，复鼓噪①，由上风飞至。大炮准对贼船，即施放，一发中其贼首，烟迷里许。既散，则贼船已尽退。是役也，枪炮俱无虚发，幸免于危。

① 鼓噪：鸣鼓呐喊。

不一时，北风又至，浪飞过船。梦中闻舟人哗曰："到官塘矣！"惊起。从客皆一夜不眠，语余曰："险至此，汝尚能睡耶？"余问其状，曰："每侧则篷皆卧水；一浪盖船，则船身入水，惟闻瀑布声，垂流不息。其不覆者，幸耶！"余笑应之曰："设覆，君等能免乎？余入黑甜乡①，未曾目击其险，岂非幸乎？"

① 黑甜乡：对梦乡的谑称。

盥后,登战台视之,前后十余灶,皆没,船面无一物,爨火断矣①。舟人指曰:"前即定海,可无虑矣。"申刻乃得泊。船户登岸购米薪,乃得食。

① 爨火:烧饭的火。

是夜修家书,以慰芸之悬系①,而归心益切。犹忆昔年,芸尝谓余:"布衣菜饭,可乐终身,不必作远游。"此番航海,虽奇而险,濒危幸免,始有味乎芸之言也②。

① 悬系:挂念。② 有味:深有体会。

卷六 养生记道[*]

JUANLIU
YANGSHENGJIDAO

[*]「道」，原作「逍」，据是卷主题而改。下同。

自芸娘之逝，戚戚无欢①。春朝秋夕，登山临水，极目伤心，非悲则恨。读《坎坷记愁》，而余所遭之拂逆可知也②。

① 戚戚：忧伤，闷闷不乐的样子。② 拂逆：不如意之事。

静念解脱之法，行将辞家远出，求赤松子于世外。嗣以淡安、揖山两昆季之劝，遂乃栖身苦庵，惟以《南华经》自遣，乃知蒙庄鼓盆而歌①，岂真忘情哉？无可奈何，而翻作达耳②。余读其书，渐有所悟。读《养生主》而悟达观之士③，无时而不安，无顺而不处，冥然与造化为一。将何得而何失，孰死而孰生耶？故任其所受，而哀乐无所措其间矣。又读《逍遥游》，而悟养生之要，惟在闲放不拘，怡适自得而已。

① 蒙庄：即庄子。因其为宋国蒙地人，故称。鼓盆而歌：出自《庄子》："庄子妻死，惠子吊之，庄子则方箕踞鼓盆而歌。"常用来指妻子去世时保持通达的态度。
② 达：旷达，放达。③《养生主》：《庄子》中的篇名。下文的《逍遥游》亦是。

卷六 养生记道

怡适自得

始悔前此之一段痴情，得勿作茧自缚矣乎①！此《养生记道》之所为作也。亦或采前贤之说以自广，扫除种种烦恼，惟以有益身心为主，即蒙庄之旨也。庶几可以全生，可以尽年。

① 作茧自缚：蚕吐丝作茧，把自己裹在里面。比喻做了某事，使自己受困。

余年才四十，渐呈衰象，盖以百忧摧撼①，历年郁抑，不无闷损②。淡安劝余每日静坐数息，仿子瞻《养生颂》之法③，余将遵而行之。调息之法，不拘时候，兀身端坐④，子瞻所谓摄身使如木偶也。解衣缓带，务令适然。口中舌搅数次，微微吐出浊气，不令有声，鼻中微微纳之，或三五遍，二七遍，有津咽下，叩齿数通，舌抵上腭，唇齿相著，两目垂帘，令胧胧然渐次调息⑤，不喘不粗。或数息出，或数息入，从一至十，从十至百，摄心在数，勿令散乱。

① 摧撼：摧残。② 闷损：烦闷。③ 子瞻：即苏轼，字子瞻。④ 兀身：端正身子。⑤ 胧胧然：朦胧昏暗的样子。

卷六 养生记道

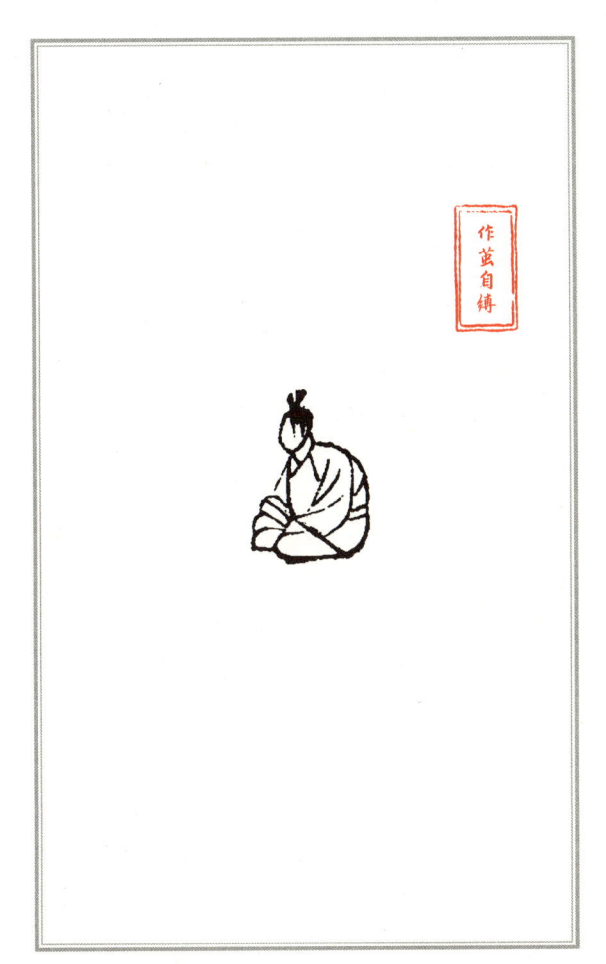

作茧自缚

子瞻所谓寂然、兀然、与虚空等也。如心息相依，杂念不生，则止勿数，任其自然。子瞻所谓随也。坐久愈妙。若欲起身，须徐徐舒放手足，勿得遽起。能勤行之，静中光景，种种奇特。子瞻所谓定能生慧。自然明悟，譬如盲人忽然有眼也，直可明心见性，不但养身全生而已。出入绵绵，若存若亡，神气相依，是为真息。息息归根，自能夺天地之造化，长生不死之妙道也。

人大言，我小语。人多烦，我少记。人悸怖①，我不怒。澹然无为②，神气自满，此长生之药。《秋声赋》云③："奈何思其力之所不及，忧其智之所不能。宜其渥然丹者为槁木④，黟然黑者为星星⑤。"此士大夫通患也。又曰："百忧感其心，万事劳其形。有动乎中，必摇其精。"人常有多忧多思之患，方壮遽老，方老遽衰。反此亦长生之法。

①悸怖：恐惧担忧。②澹然：平静安宁的样子。③《秋声赋》：北宋欧阳修写的一篇描写秋天景色的辞赋。④渥（wò）然：色泽红润的样子。⑤黟（yī）然：漆黑的样子。

卷六 养生记道

定能生慧

舞衫歌扇，转眼皆非；红粉青楼，当场即幻。秉灵烛以照迷情，持慧剑以割爱欲，殆非大勇不能也。然情必有所寄，不如寄其情于卉木，不如寄其情于书画，与对艳妆美人何异？可省却许多烦恼。

范文正有云"千古圣贤，不能免生死，不能管后事。一身从无中来，却归无中去。谁是亲疏？谁能主宰？既无奈何，即放心逍遥，任委来往①。如此断了，即心气渐顺，五脏亦和②，药方有效，食方有味也。只如安乐人，勿有忧事，便吃食不下，何况久病，更忧身死，更忧身后，乃在大怖中，饮食安可得下？请宽心将息"云云，乃劝其中舍三哥之帖③。余近日多忧多虑，正宜读此一段。

① 任委：顺应。来往：指生死。② 五脏：心肝脾肺肾，亦泛指人体器官。③ 中舍三哥：指范仲淹的三哥范仲温，曾任太子中舍。

放翁胸次广大①，盖与渊明、乐天、尧夫、子瞻等②，同其旷逸。其于养生之道，千言万语，真可谓有道之士。此后当玩索陆诗③，正可疗余之病。

① 放翁：即南宋诗人陆游，字务观，号放翁。胸次：胸襟。② 乐天：唐代诗人白居易，字乐天。尧夫：北宋著名理学家邵雍，字尧夫。③ 玩索：体味探求。

沕浴极有益①。余近制一大盆，盛水极多。沕浴后，至为畅适。东坡诗所谓"淤槽漆斛江河倾，本来无垢洗更轻"②，颇领略得一二。

① 沕（hū）浴：方言，洗澡。②"淤槽"句：出自苏轼《宿海会寺》诗。

治有病，不若治于无病。疗身，不若疗心。使人疗，尤不若先自疗也。林鉴堂诗曰："自家心病自家知，起念还当把念医。只是心生心作病，心安那有病来时。"此之谓自疗之药。游心于虚静①，结志于微妙②，委虑于无欲③，指归于无为④，故能达生延命，与道为久。

① 游心：驰骋心灵。② 结志：专注心志。③ 委虑：放置思虑。④ 指归：根本意趣。

仙经以精气神为内三宝[1],耳目口为外三宝,常令内三宝不逐物而流,外三宝不诱中而扰。重阳祖师于十二时中[2],行住坐卧,一切动中,要把心似泰山,不摇不动。谨守四门:眼耳鼻口,不令内入外出,此名养寿紧要。外无劳形之事,内无思想之患,以恬愉为务[3],以自得为功,形体不敝,精神不散。

[1]仙经:泛指道家经典。[2]重阳祖师:指道教全真派的开创者王重阳,原名王中孚,字允卿,号重阳子,后学尊之为"重阳祖师"。[3]恬愉:宁静愉悦。

益州老人尝言:"凡欲身之无病,必须先正其心,使其心不乱求,心不狂思,不贪嗜欲,不着迷惑,则心君泰然矣[1]。心君泰然,则百骸四体虽有病,不难治疗。独此心一动,百患为招,即扁鹊、华佗在旁[2],亦无所措手矣[3]。"林鉴堂先生有《安心诗》六首,真长生之要诀也。

[1]心君:心。古人认为心是身体之主,故称。[2]扁鹊:战国时的名医。华佗:汉代名医。[3]措手:应付。

心如明镜

诗云："我有灵丹一小锭，能医四海群迷病。些儿吞下体安然，管取延年兼接命。""安心心法有谁知，却把无形妙药医。医得此心能不病，翻身跳入太虚时。""念杂由来业障多[1]，憧憧扰扰竟如何[2]？驱魔自有玄微诀，引入尧夫安乐窝[3]。""人有二心方显念，念无二心始为人。人心无二浑无念，念绝悠然见太清[4]。""这也了时那也了，纷纷攘攘皆分晓。云开万里见清光，明月一轮圆皎皎。""四海遨游养浩然，心连碧水水连天。津头自有渔郎问[5]，洞里桃花日日鲜。"

[1] 业障：佛教指妨碍修行的事物。[2] 憧憧：摇曳不定。
[3] 安乐窝：指北宋理学家邵雍将洛阳的住所命名为"安乐窝"。[4] 太清：指天道。[5] 津头：渡口，这里借用《桃花源记》故事。

禅师与余谈养心之法，谓心如明镜，不可以尘之也；又如止水，不可以波之也。此与晦庵所言学者常要提醒此心[1]，惺惺不寐[2]，如日中天，群邪自息，其旨正同。

[1] 晦庵：即南宋理学家朱熹，号晦庵。[2] 惺惺：清醒的样子。

应以自然

又言目毋妄视，耳毋妄听，口毋妄言，心毋妄动，贪嗔痴爱①，是非人我，一切放下。未事不可先迎，遇事不宜过扰，既事不可留住；听其自来，应以自然，信其自去②。忿愤恐惧③，好乐忧患，皆得其正。此养心之要也④。

① 贪嗔痴爱：佛教中认为残害身心，使人陷于轮回的业障。② 信：放任。③ 忿愤(zhì)：发怒，生气。④ 要：关键。

王华子曰："斋者，齐也。齐其心而洁其体也，岂仅茹素而已①？所谓齐其心者，澹志寡营②，轻得失，勤内省，远荤酒；洁其体者，不履邪径，不视恶色，不听淫声，不为物诱。入室闭户，烧香静坐，方可谓之斋也。诚能如是，则身中之神明自安，升降不碍，可以却病③，可以长生。"

① 茹素：吃素食。② 澹志：心志澹泊。③ 却病：消除疾病。

身安

余所居室，四边皆窗户，遇风即阖①，风息即开。余所居室，前帘后屏，太明即下帘，以和其内映；太暗则卷帘，以通其外耀②。内以安心，外以安目，心目俱安，则身安矣。

①阖：关闭。②外耀：室外的日光。

禅师称二语告我曰："未死先学死，有生即杀生。"有生，谓妄念初生；杀生，谓立予铲除也。此与孟子勿忘勿助之功相通①。

①勿忘勿助：语出《孟子·公孙丑》："必有事焉而勿正，心勿忘，勿助长也。"

孙真人《卫生歌》云①："卫生切要知三戒，大怒大欲并大醉。三者若还有一焉，须防损失真元气。"又云："世人欲知卫生道，喜乐有常嗔怒少。心诚意正思虑除，理顺修身去烦恼。"

①孙真人：唐代名医孙思邈，因宋徽宗曾追封其为妙应真人，故名。卫生：养生。

又云:"醉后强饮饱强食,未有此生不成疾。入资饮食以养身,去其甚者自安适①。"

① 甚者:超出限度的活动。

又蔡西山《卫生歌》云①:"何必餐霞饵大药,妄意延龄等龟鹤。但于饮食嗜欲间,去其甚者将安乐。食后徐行百步多,两手摩胁并胸腹。"

① 蔡西山:即蔡元定,字季通,号西山,学者称西山先生。南宋理学家。

又云:"醉眠饱卧俱无益,渴饮饥餐尤戒多。食不欲粗并欲速,宁可少餐相接续。若教一顿饱充肠,损气伤脾非尔福。"

又云:"饮酒莫教令大醉,大醉伤神损心志。酒渴饮水并啜茶,腰脚自兹成重坠。"

又云:"视听行坐不可久,五劳七伤从此有。四肢亦欲得小劳,譬如户枢终不朽①。"

① 户枢:门轴。

浩室

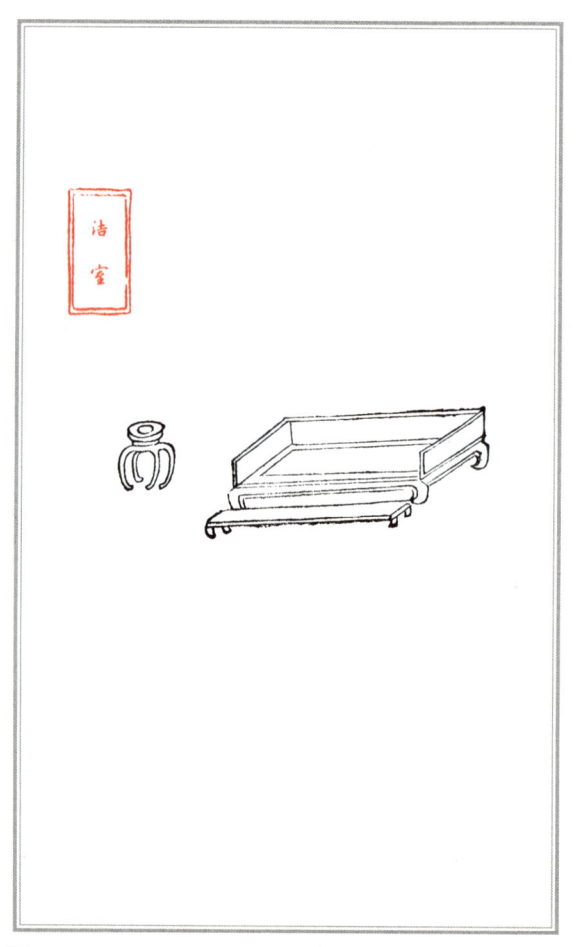

又云:"道家更有颐生旨,第一戒人少嗔恚①。"凡此数言,果能遵行,功臻旦夕②,勿谓老生常谈也。

①嗔恚(huì):发怒,生气。②臻(zhēn):达到。

洁一室,开南牖,八窗通明。勿多陈列玩器,引乱心目。设广榻、长几各一,笔砚楚楚①,旁设小几一,挂字画一幅,频换。几上置得意书一二部,古帖一本,古琴一张,心目间常要一尘不染。

①楚楚:整洁的样子。

晨入园林,种植蔬果,芟草①,灌花,莳药②。归来入室,闭目定神。时读快书,怡悦神气;时吟好诗,畅发幽情。临古帖,抚古琴,倦即止。知己聚谈,勿及时事,勿及权势,勿臧否人物③,勿争辩是非。或约闲行,不衫不履,勿以劳苦徇礼节。

①芟(shān):铲除。②莳:种植。③臧否:评论是非高下。

万缘俱静

小饮勿醉,陶然而已。诚能如是,亦堪乐志。以视夫蹙足入绊,申脰就羁①,游卿相之门,有簪佩之累②,岂不霄壤之悬哉?

①申:通"伸"。脰(dòu):脖子。羁:马笼头,喻指受约束。②簪佩:指做官、仕宦。

太极拳非他种拳术可及,太极二字已完全包括此种拳术之意义。太极乃一圆圈,太极拳即由无数圆圈联贯而成之一种拳术。无论一举手,一投足,皆不能离此圆圈,离此圆圈,便违太极拳之原理。四肢百骸,不动则已,动则皆不能离此圆圈。处处成圆,随虚随实。练习以前,先须存神纳气,静坐数刻,并非道家之守窍也。只须屏绝思虑,务使万缘俱静。以缓慢为原则,以毫不使力为要义,自首至尾,联绵不断。

相传为辽阳张通①,于洪武初奉召入都,路阻武当②,夜梦异人,授以此种拳术。余近年从事练习,果觉身体较健,寒暑不侵。用以卫生,诚有益而无损者也。

①辽阳:即辽东,在辽宁。②武当:即武当山,在湖北。

浮生六记

省多言,省笔札,省交游,省妄想。所一息不可省者,居敬养心耳。

杨廉夫有《路逢三叟》词云[1]:"上叟前致词,大道抱天全。中叟前致词,寒暑每节宣。下叟前致词,百年半单眠。"尝见后山诗中一词[2],亦此意,盖出应璩[3]。璩诗曰:"昔有行道人,陌上见三叟。年各百余岁,相与锄禾麦。往前问三叟,何以得此寿?上叟前致词,室内姬粗丑。二叟前致词,量腹节所受。下叟前致词,夜卧不覆首。要哉三叟言,所以能长久。"

[1] 杨廉夫:即杨维桢,字廉夫,号铁崖,浙江诸暨人。元末明初著名文学家。[2] 后山:即陈师道,字履常,号后山,江苏徐州人。北宋著名诗人。[3] 应璩:字休琏,河南项城人。三国时期著名文学家。

古人云:"比上不足,比下有余。"此最是寻乐妙法也。将啼饥者比,则得饱自乐;将号寒者比,则得暖自乐;将劳役者比,则优闲自乐;将疾病者比,则康健自乐;将祸患者比,则平安自乐;将死亡者比,则生存自乐。

白乐天诗有云:"蜗牛角内争何事①,石火光中寄此身②。随富随贫且欢喜,不开口笑是痴人。"近人诗有云:"人生世间一大梦,梦里胡为苦认真。梦短梦长俱是梦,忽然一觉梦何存。"与乐天同一旷达也。

① 蜗牛角:形容如蜗牛角般微小的世界。② 石火光:形容如石火般短暂的时间。

"世事茫茫,光阴有限,算来何必奔忙!人生碌碌,竞短论长,却不道荣枯有数,得失难量。看那秋风金谷①,夜月乌江②,阿房宫冷③,铜雀台荒④。荣华花上露,富贵草头霜。机关参透,万虑皆忘。夸什么龙楼凤阁,说什么利锁名缰。闲来静处,且将诗酒猖狂⑤。唱一曲归来未晚,歌一调湖海茫茫。逢时遇景,拾翠寻芳。约几个知心密友,到野外溪旁,或琴棋适性,或曲水流觞⑥;或说些善因果报,或论些今古兴亡;看花枝堆锦绣,听鸟语弄笙簧。一任他人情反复,世态炎凉,优游闲岁月,潇洒度时光。"此不知为谁氏所作,读之而若大梦之得醒,热火世界一帖清凉散也。

① 金谷:即金谷园,晋代富豪石崇的园林。② 乌江:

西楚霸王项羽自刎之地。③阿房宫：秦始皇所建的庞大宫殿，后被项羽焚毁。④铜雀台：三国时期曹操所建，在河北临漳，后荒废。⑤猖狂：谓随心所欲，无所束缚。⑥曲水流觞：古代的文人雅事。坐在河渠两旁，在上流放置酒杯，酒杯顺流而下，停在谁的面前，谁就取杯饮酒。

程明道先生曰①："吾受气甚薄，因厚为保生。至三十而浸盛②，四十五十而后完。今生七十二年矣，较其筋骨，于盛年无损也。若人待老而保生，是犹贫而后蓄积，虽勤亦无补矣。"

①程明道：北宋理学家程颢，字伯淳，学者称明道先生，河南洛阳人。②浸盛：逐渐强盛。

口中言少，心头事少，肚里食少。有此三少，神仙可到。酒宜节饮，忿宜速惩①，欲宜力制。依此三宜，疾病自稀。

①惩：戒止。

寒雪围炉

病有十可却：静坐观空，觉四大原从假合①，一也；烦恼现前，以死譬之，二也；常将不如我者，巧自宽解，三也；造物劳我以生，遇病少闲，反生庆幸，四也；宿孽现逢，不可逃避，欢喜领受，五也；家室和睦，无交谪之言②，六也；众生各有病根，常自观察克治，七也；风寒谨防，嗜欲淡薄，八也；饮食宁节毋多，起居务适毋强，九也；觅高朋亲友，讲开怀出世之谈，十也。

① 四大：佛教认为组成世界的四大元素，即地、水、风、火。假合：佛教谓一切事物均由众缘和合而成，暂时聚合，终必离散。② 交谪（zhé）：互相埋怨。

邵康节居安乐窝中，自吟曰："老年肢体索温存，安乐窝中别有春。万事去心闲偃仰①，四肢由我任舒伸。炎天傍竹凉铺簟②，寒雪围炉软布裀。昼数落花聆鸟语，夜邀明月操琴音。食防难化常思节，衣必宜温莫懒增。谁道山翁拙于用，也能康济自家身。"

① 偃仰：俯仰。② 簟（diàn）：竹席。

清净明了

养生之道，只"清净明了"四字，内觉身心空，外觉万物空，破诸妄想，一无执着，是曰清净明了。

万病之毒，皆生于浓①。浓于声色，生虚怯病；浓于货利，生贪饕病②；浓于功业，生造作病；浓于名誉，生矫激病。噫，浓之为毒甚矣！樊尚默先生以一味药解之③，曰"淡"。云白山青，川行石立，花迎鸟笑，谷答樵讴④，万境自闲，人心自闹。

① 浓：有着浓厚的兴趣，嗜欲。② 贪饕（tāo）：贪得无厌。③ 樊尚默：即樊良枢，字尚默，号致虚，江西进贤人。明代末年官员。④ 讴：歌谣。

岁暮访淡安，见其凝尘满室①，泊然处之②。叹曰："所居，必洒扫涓洁③，虚室以居，尘嚣不杂。斋前杂树花木，时观万物生意④。深夜独坐，或启扉以漏月光，至昧爽⑤，但觉天地万物，清气自远而届，此心与相流通，更无窒碍⑥。今室中芜秽不治，弗以累心，但恐于神爽未必有助也。"

① 凝尘：厚厚的灰尘。② 泊然：从容而毫不介意的样子。③ 涓洁：保持整洁。④ 生意：生机勃勃的意趣。⑤ 昧爽：清晨。⑥ 窒碍：阻碍，障碍。

浮生六记

余年来静坐枯庵,迅扫夙习①。或浩歌长林,或孤啸幽谷,或弄艇投竿于溪涯湖曲②,捐耳目,去心智,久之似有所得。陈白沙曰③:"不累于外物,不累于耳目,不累于造次颠沛。鸢飞鱼跃④,其机在我。"知此者谓之善学,抑亦养寿之真诀也。

①夙习:以往的习惯。②弄艇:划船。投竿:钓鱼。
③陈白沙:即陈献章,字公甫,广东新会白沙人。明代著名思想家。④鸢飞鱼跃:理学家常以此来形容内心的灵性与智慧。

圣贤皆无不乐之理。孔子曰:"乐在其中。"颜子"不改其乐"①。孟子以"不愧不怍"为乐②。《论语》开首说"乐",《中庸》言"无入而不自得",程朱教寻孔颜乐趣③,皆是此意。圣贤之乐,余何敢望,窃欲仿白傅之"有叟在中,白须飘然,妻孥熙熙,鸡犬闲闲"之乐云耳。

①颜子:孔子的得意门生颜渊。②怍(zuò):惭愧。《孟子》:"仰不愧于天,俯不怍于人,二乐也。"③程朱:即宋代理学家程颐、程颢兄弟与朱熹。

浮生六记

天际真人

冬夏皆当以日出而起，于夏尤宜。天地清旭之气，最为爽神，失之甚为可惜。余居山寺之中，暑月日出则起，收水草清香之味。莲方敛而未开，竹含露而犹滴，可谓至快。日长漏永①，午睡数刻，焚香垂幕，净展桃笙②，睡足而起，神清气爽。真不啻天际真人也。

① 永：长。② 桃笙：用桃树枝做成的席子。

乐即是苦，苦即是乐。带些不足，安知非福。举家事事如意，一身件件自在，热光景即是冷消息。圣贤不能免厄，仙佛不能免劫。厄以铸圣贤，劫以炼仙佛也。

牛喘月①，雁随阳，总成忙世界；蜂采香，蝇逐臭，同是苦生涯。劳生扰扰，惟利惟名。牿旦昼②，蹶寒暑③，促生死，皆此两字误之。以名为炭而灼心，心之液涸矣；以利为虿而螫心④，心之神损矣。今欲安心而却病，非将"名利"两字涤除净尽不可。

① 牛喘月：即吴牛喘月。据说江浙一带的水牛害怕酷热，见到月亮也以为是太阳，因此发喘。② 牿（gù）：束缚，约束。③ 蹶：失败，挫折。④ 虿（chài）：有毒的虫子。

与客纵谈

卷六　养生记道

　　余读柴桑翁《闲情赋》[1]，而叹其钟情；读《归去来辞》，而叹其忘情；读《五柳先生传》，而叹其非有情非无情。钟之忘之，而妙焉者也。余友淡公，最慕柴桑翁，书不求解而能解，酒不期醉而能醉，且语余曰："诗何必五言？官何必五斗？子何必五男？宅何必五柳？"可谓逸矣。余梦中有句云："五百年谪在红尘[2]，略成游戏；三千里击开沧海，便是逍遥。"醒而述诸琢堂，琢堂以为飘逸可诵，然而谁能会此意乎？

[1] 柴桑翁：即陶渊明，因其为柴桑人，故称。闲情：防闲、控制情欲之意。[2] 谪：贬谪。

　　真定梁公每语人[1]：每晚家居，必寻可喜笑之事，与客纵谈，掀髯大笑[2]，以发舒一日劳顿郁结之气。此真得养生要诀也。

[1] 真定梁公：即梁清标，字玉立，河北真定人。官至户部尚书，保和殿大学士。[2] 掀髯：捋着胡须，形容开口大笑的样子。

浮生六记

曾有乡人过百岁,余扣其术[1]。答曰:"余乡村人,无所知,但一生只是喜欢,从不知忧恼。"此岂名利中人所能哉?

[1] 扣:询问。

昔王右军云[1]:"吾笃嗜种果,此中有至乐存焉。我种之树,开一花,结一实,玩之偏爱,食之益甘。"右军可谓自得其乐矣。放翁梦至仙馆,得诗云:"长廊下瞰碧莲沼,小阁正对青萝峰。"便以为极胜之景。余居禅房,颇擅此胜,可傲放翁矣。

[1] 王右军:东晋大书法家王羲之,因其曾任右军将军,故称。

余昔在球阳,日则步履于空潭、碧涧、长松、茂竹之侧,夕则挑灯读白香山、陆放翁之诗。焚香煮茶,延两君子于座[1],与之相对,如见其襟怀之澹宕[2],几欲弃万事而从之游,亦愉悦身心之一助也。

[1] 两君子:指白居易与陆游。 [2] 澹宕:淡泊,恬淡。

安适

余自四十五岁以后,讲求安心之法。方寸之地①,空空洞洞,朗朗惺惺,凡喜怒哀乐、劳苦恐惧之事,决不令之入。譬如制为一城,将城门紧闭,时加防守,惟恐此数者阑入②。近来渐觉阑入之时少,主人居其中,乃有安适之象矣。

① 方寸之地:指心房。② 阑入:杂入。

养身之道,一在慎嗜欲,一在慎饮食,一在慎忿怒,一在慎寒暑,一在慎思索,一在慎烦劳。有一于此,足以致病,安得不时时谨慎耶?

张敦复先生尝言①:"古人读《文选》而悟养生之理,得力于两句,曰'石蕴玉而山辉,水含珠而川媚'。"此真是至言。尝见兰蕙、芍药之蒂间,必有露珠一点,若此一点为蚁虫所食,则花萎矣。又见笋初出,当晓,则必有露珠数颗在其末,日出,则露复敛而归根,夕则复上。

① 张敦复:即张英,字敦复,号圃翁,安徽桐城人。清代名臣。

夕看露颖上梢行

田间有诗云"夕看露颗上梢行"是也[1]。若侵晓入园,笋上无露珠,则不成竹,遂取而食之。稻上亦有露,夕现而朝敛,人之元气全在乎此。故《文选》二语,不可不时时体察。得诀固不在多也。

[1] 田间:即钱澄之,字饮光,号田间,安徽桐城人。明末清初文学家。

余之所居,仅可容膝,寒则温室拥杂花,暑则垂帘对高槐。所自适于天壤间者,止此耳。然退一步想,我所得于天者已多,因此心平气和,无歆羡[1],亦无怨尤。此余晚年自得之乐也。

[1] 歆羡:羡慕。

圃翁曰:"人心至灵至动,不可过劳,亦不可过逸,惟读书可以养之。"闲适无事之人,镇日不观书[1],则起居出入,身心无所栖泊,耳目无所安顿,势必心意颠倒,妄想生嗔,处逆境不乐,处顺境亦不乐也。

[1] 镇日:整天。

浮生六记

佐以读书

古人有言："扫地焚香，清福已具。其有福者，佐以读书；其无福者，便生他想。"旨哉斯言！且从来拂意之事，自不读书者见之，似为我所独遭，极其难堪。不知古人拂意之事，有百倍于此者，特不细心体验耳。即如东坡先生殁后，遭逢高、孝①，文字始出，而当时之忧谗畏讥②，困顿转徙潮、惠之间，且遇跣足涉水③，居近牛栏，是何如境界？又如白香山之无嗣，陆放翁之忍饥，皆载在书卷。彼独非千载闻人？而所遇皆如此。诚一平心静观，则人间拂意之事，可以涣然冰释④。若不读书，则但见我所遭甚苦，而无穷怨尤嗔忿之心，烧灼不静，其苦为何如耶！故读书为颐养第一事也。

① 高、孝：宋高宗与宋孝宗。② 忧谗畏讥：担忧别人的诽谤中伤。③ 跣（xiǎn）足：赤脚。④ 涣然冰释：像冰遇热消融一般。比喻疑虑完全消除。

吴下有石琢堂先生之城南老屋。屋有五柳园，颇具泉石之胜，城市之中，而有郊野之观，诚养神之胜地也。

希望和快乐

有天然之声籁①，抑扬顿挫，荡漾余之耳边。群鸟嘤鸣林间时，所发之断断续续声，微风振动树叶时，所发之沙沙簌簌声②，和清溪细流流出时，所发之潺潺淙淙声③。余泰然仰卧于青葱可爱之草地上，眼望蔚蓝澄澈之穹苍，真是一幅绝妙画图也。以视拙政园，一喧一静，真远胜之。

①声籁：声响。②簌簌：形容风吹叶子的窸窣声。③潺潺淙淙：溪水流动时和缓的声音。

吾人须于不快乐之中，寻一快乐之方法。先须认清快乐与不快乐之造成，固由于处境之如何，但其主要根苗①，还从己心发长耳。同是一人，同处一样之境，甲却能战胜劣境，乙反为劣境所征服。能战胜劣境之人，视劣境所征服之人，较为快乐。所以不必歆羡他人之福，怨恨自己之命，是何异雪上加霜，愈以毁灭人生之一切也。无论如何处境之中，可以不必郁郁，须从郁郁之中，生出希望和快乐之精神。偶与琢堂道及，琢堂亦以为然。

①根苗：根由，根源。

家如残秋，身如昃晚①，情如剩烟，才如遭电，余不得已而游于画，而狎于诗，竖笔横墨，以自鸣其所喜。亦犹小草无聊，自矜其花；小鸟无奈，自矜其舌。

① 昃（zè）：傍晚。

小春之月，一霞始晴，一峰始明，一禽始清，一梅始生，而一诗一画始成。与梅相悦，与禽相得，与峰相立，与霞相揖①，画虽拙而或以为工，诗虽苦而自以为甘。四壁已倾，一瓢已敝，无以损其愉悦之胸襟也。

① 揖：拱手致意。

圃翁拟一联，将悬之草堂中："富贵贫贱，总难称意，知足即为称意；山水花竹，无恒主人，得闲便是主人。"其语虽俚，却有至理。天下佳山胜水、名花美竹无限，大约富贵人役于名利，贫贱人役于饥寒，总鲜领略及此者，能知足，能得闲，斯为自得其乐，斯为善于摄生也①。

① 摄生：养生。

心无止息，百忧以感之，众虑以扰之。若风之吹水，使之时起波澜，非所以养寿也。大约从事静坐，初不能妄念尽捐①，宜注一念，由一念至于无念，如水之不起波澜。寂定之余，觉有无穷恬淡之意味，愿与世人共之。

①捐：捐弃，摒弃。

阳明先生曰①："只要良知真切②，虽做举业，不为心累。且如读书时，知强记之心不是，即克去之；有欲速之心不是，即克去之；有夸多斗靡之心不是，即克去之。如此，亦只是终日与圣贤印对，是个纯乎天理之心，任他读书，亦只调摄此心而已，何累之有？"录此以为读书之法。

①阳明先生：明代大思想家王守仁，字伯安，号阳明。
②良知：不学而能的智慧与道德。

汤文正公抚吴时①，日给惟韭菜②。其公子偶市一鸡，公知之，责之曰："恶有士不嚼菜根而能作百事者哉！"即遣去。奈何世之肉食者流，竭其脂膏，供其口腹，以为分所应尔。不知甘脆肥脓③，乃腐肠之药也。大概受病之始，必由饮食不节。俭以养廉，澹以寡欲，安贫之道在是，却疾之方亦在是。余喜食蒜，素不贪屠门之嚼，食物素从省俭。自芸娘之逝，梅花盒亦不复用矣。庶不为汤公所呵乎④！

①汤文正公：即汤斌，字孔伯，谥号文正，河南睢县人。清初理学家。抚吴：担任江苏巡抚。②给(jǐ)：供应。③甘脆肥脓：指美味。④呵：斥责。

留侯、邺侯之隐于白云乡①，刘、阮、陶、李之隐于醉乡②，司马长卿以温柔乡隐，希夷先生以睡乡隐，殆有所托而逃焉者也。余谓白云乡，则近于渺茫，醉乡、温柔乡，抑非所以却病而延年，而睡乡为胜矣。妄言息躬，辄造逍遥之境；静寐成梦，旋臻甜适之乡。

①留侯：西汉的开国功臣张良，因功被封为留侯。邺侯：唐肃宗时主持平叛大计的李泌，封邺侯。白云乡：典出《庄子》"乘彼白云，至于帝乡"。指神仙福地。
②刘、阮、陶、李：分别指刘伶、阮籍、陶渊明、李白，皆以饮酒闻名。

黄粱美梦

余时时税驾①，咀嚼其味，但不从邯郸道上，向道人借黄粱枕耳。

① 税驾：停车解驾，代指休息。

养生之道，莫大于眠食。菜根粗粝①，但食之甘美，即胜于珍馔也②。眠亦不在多寝，但实得神凝梦甜，即片刻亦足摄生也。放翁每以美睡为乐，然睡亦有诀。孙真人云："能息心，自瞑目。"蔡西山云："先睡心，后睡眼。"此真未发之妙。

① 粗粝：粗陋不合口。② 珍馔：精美的菜肴。

禅师告余伏气，有三种眠法：病龙眠，屈其膝也；寒猿眠，抱其膝也；龟鹤眠，踵其膝也。余少时，见先君子于午餐之后，小睡片刻，灯后治事，精神焕发。余近日亦思法之。午餐后，于竹床小睡，入夜果觉清爽。益信吾父之所为，一一皆可为法。

余不为僧，而有僧意。自芸之殁，一切世味，皆生厌心；一切世缘，皆生悲想，奈何颠倒不自痛悔耶！

近年与老僧共话无生①,而生趣始得。稽首世尊②,少忏宿愆③,献佛以诗,餐僧以画。画性宜静,诗性宜孤,即诗与画,必悟禅机,始臻超脱也。

① 无生:泛指佛教教义。② 世尊:对佛陀的称呼。③ 宿愆:以前的错误。